RECUEIL

JEUX FLORAUX DES PYRENEES

ANTHOLOGIE 2018

LA MERIDIENNE DU MONDE RURAL

© *2018*
Réalisation: La Méridienne du Monde Rural
Directrice de la publication : Anne de Tyssandier d'Escous
Auteurs des textes : collectif d'auteurs

Association LA MERIDIENNE DU MONDE RURAL
Siège social : 19110 Bort-les-Orgues
Adresse de gestion :
93 rue Jules Ferry -19110 BORT-LES-ORGUES
www.lameridiennedumonderural.fr

ISSN : 2431-5664

imprimé par lulu.com,
en impression numérique à la date de la commande
Lulu Press, Inc, Raleigh, N.C., Etats Unis

ISBN : 979-10-90416-28-4
Dépôt légal: mai 2018

SOMMAIRE

PREFACE

Le concours littéraire des "Jeux Floraux des Pyrénées" a été créé en 1987 par Arlette Homs dans le cadre de l'Association Culturelle du Pays d'Olmes. Depuis quatre ans il est organisé en partenariat entre l'Institut du Comté de Foix, association culturelle amicale franco-andorrane et La Méridienne du Monde Rural, association culturelle qui participe à la mise en valeur des zones rurales.

Dans le cadre du concours annuel des « Jeux Floraux des Pyrénées », un lauréat ne peut recevoir qu'un prix. Celui-ci est décerné par le jury pour un seul texte en principe, et exceptionnellement deux textes, ce qui a été le cas cette année pour deux lauréats.

Le concours 2018, 40ème concours des Jeux Floraux des Pyrénées, a rencontré un réel succès avec la participation de nombreux auteurs de France et de l'étranger. Le palmarès a été transmis par mails aux participants au concours :
  - 23 auteurs ont été primés
  - 11 ont obtenu un diplôme d'honneur.

Le recueil « Jeux Floraux des Pyrénées -Anthologie 2018» réunit les textes des lauréats primés.

Nous adressons nos félicitations à tous les lauréats du concours littéraire 2018 des Jeux Floraux des Pyrénées et tous nos encouragements aux auteurs qui ont participé à ce concours et n'ont pas été primés.

Nous espérons que la lecture des textes du recueil « Jeux Floraux des Pyrénées – Anthologie 2018 » sera, pour tous les lecteurs, un moment de grand plaisir, car comme l'a écrit Alberto Manguel dans « Une histoire de la lecture » : « La lecture est l'apothéose de l'écriture ».

Anne de Tyssandier d'Escous
Présidente de La Méridienne du Monde Rural

Palmarès du concours littéraire 2018 des Jeux Floraux des Pyrénées

Grand Prix:
M. Serge Farragut (09300 Lavelanet) pour « Le petit forgeron »

Prix de l'Aliança Andorrano-Francesa ex-aequo décerné à M. Robert Beltran pour « Le Rossignol Andorran » *(lauréat du Prix de l'Amitié Franco-Andorrane)* et Mme Corinne Toupillier pour « L'énigmatique roi d'Andorre » *(lauréate du Prix du Récit Andorran).*

Prix de l'Humour:
M. Robert Ruwet (4000 Liège, Belgique) pour « Histoire belge en Bretagne »

Prix de l'Amitié Franco-Andorrane:
M. Robert Beltran (09100 Pamiers) pour « Le Rossignol Andorran »

Prix du Conte Pyrénéen:
Mme Bernadette Truno (66760 Latour-de-Carol & 09100 Pamiers) pour « Les cinq songes de l'Ours, seigneur des Pyrénées »

Prix de la Tradition Villageoise :
M. Michel Jarrié (84000 Avignon) pour « Le banquet de l'Adolphine »

Prix du Récit Andorran :
Mme Corinne Toupillier (06800 Cagnes-sur-Mer) pour
« L'énigmatique roi d'Andorre »

Prix de la Nouvelle Médiévale :
Louis Chambrin (26000 Valence) pour « L'Ours»

Prix Gaston Fébus:
M. Figus Jean-Baptiste (38130 Echirolles) pour deux
textes « Le sac » et « Jour de colère »

Prix de la Nouvelle Printanière:
Mme Brigitte Libérale (40000 Mont-de-Marsan) pour « Ce
jour, dès l'aube… »

Prix du Conte Poétique :
Mme Martine Férachou (87200 Saint-Junien) pour « La
prophétie du vieux chêne »

Prix des Pyrénées ex-aequo:
- M. Anthony Boulanger (75116 Paris) pour « Les Six
Compagnons en Andorre »
- M. Paul Lautier (78600 Maisons- Laffitte) pour
« Héloïse »

Prix du Terroir :
M. Jean Corbeyre (81000 Albi) pour « La pointe de
flèche »

Prix Mystère et Inspiration :
M. Luc Tuffier (23230 Bord St Georges) pour « Une
broche ou deux ? »

Prix de Poésie :
1er prix : Mme Monique Renault (14210 Noyers-Bocage)
pour « Escapade Pyrénéenne » & « Lettre à Céret »
2ème prix : Mme Eléna Amette (89260 Thorigny sur Oreuse) pour « Panorama Pyrénéen »

Prix de Prose poétique :
Mme Florence Kercorb (09000 Vernajoul) pour « Fontargente »

Prix Passé et Mémoire:
Mme Florence Day (77500 Chelles) pour « Adrienne »

Prix du Jeune Auteur:
1er Prix : Mlle Coralie Parnois (77515 Faremoutiers) pour « Un ange pour Noël »
2ème Prix : Mlle Marie Cousin (85110 Saint-Prouant) pour « La vallée des oiseaux »

Prix de l'Encrier d'Argent:
1er prix : Mme Magali François (83470 Saint-Maximim) pour « Gamin »
2ème prix ex-aequo :
- Mme Alice Marini (06410 Biot) pour « La Vierge Noire »
- Mme Maïté Rochas (05400 Veynes) pour « Loin du bruit des épées »

Des diplômes d'honneur ont été décernés à 11 autres auteurs de France, du Canada et d'Haïti.

Dessin par Christophe Farragut (Chris le Farfadet)
(initiales FC entrelacées en oblique)

Le petit forgeron

par Serge Farragut

C'est dans notre beau pays de France que cette histoire se passe. Au pied des Pyrénées, dans un petit village niché au creux d'une riante vallée du Comté de Foix, vivait un petit forgeron. Il s'appelait Jean et il était l'ouvrier de son père, Pierre, qui, de l'avis de tous était le meilleur fèvre du pays. Pierre et Jean, depuis longtemps, frappaient ensemble le même fer, suaient au même feu et avaient tous les deux l'amour du travail bien fait. Pierre avait appris à Jean, dès sa sortie de l'enfance, les premiers rudiments de son métier. Il lui avait tenu la main pour guider ses premiers coups et avec patience lui avait enseigné toute sa science. Pierre et Jean ne faisaient maintenant plus qu'un. L'affaire marchait bien et, malgré la rudesse de l'époque, père et fils vivaient bien. Tout aurait pu rester ainsi, mais…

Jean venait de fêter ses vingt-cinq printemps quand son père mourut de façon subite, sans doute usé prématurément par son dur labeur. Le fils pleura le père. Mais après le temps des larmes il fallut bien que Jean se remit au travail et c'est ainsi que, seul cette fois, il ralluma le feu de la forge. Les premiers jours il cherchait des yeux son père, il guettait sa respiration bruyante et était étonné de ne pas entendre les grognements rauques qui accompagnaient ses coups de marteau. Puis, le temps passant et fort des enseignements de son père, il prit l'envergure d'un vrai maître de forge.

Jean, de l'aube au crépuscule, tapait sur l'enclume avec son lourd marteau faisant jaillir des gerbes d'étincelles qui montaient avec les fumées âcres au ciel de son atelier. Le feu sans cesse alimenté et attisé brûlait fort. L'air chargé d'âpres vapeurs brûlait les poumons du forgeron et la chaleur et l'effort faisaient luire ses bras de sueur. Dur métier que le sien ! Petit à petit, à force de courage, le petit forgeron acquit une bonne réputation et même une certaine renommée. Sa renommée dépassa vite les limites du comté.

Un matin de printemps, alors qu'il travaillait déjà depuis longtemps, Jean vit arriver dans son atelier un jeune seigneur qu'il n'avait encore jamais vu. Chose étonnante, ce jeune homme n'était accompagné d'aucun ami ni même d'aucun serviteur. Grand de taille, mince de corps, ses vêtements élégants laissaient tout de même deviner une musculature entrainée par l'exercice. Son beau visage aux traits fiers était éclairé d'un léger sourire. Il ne se présenta pas et dit simplement :
- Je viens du Béarn où, même si loin, la perfection de ton travail est connue. Pour quelque temps et pour des affaires que je n'ai pas à détailler, je suis l'hôte de Fébus et je profite du temps que j'ai à séjourner dans ce pays pour venir voir si tu pourrais forger pour moi une armure.

Jean avait bien, de temps en temps, réparé quelques heaumes tordus et forgé des bassinets mais jamais encore il n'avait eu en commande une armure entière. Le petit forgeron ne fut pas long à réfléchir et le moment de surprise passé accepta le défi. Il se mit d'accord avec le jeune noble sur la prise des mesures, les essayages et la date à laquelle l'armure devrait être prête.

Trois mois. Il fallut trois mois à Jean pour réaliser ce qui, en toute sincérité, était une merveille. Quand le jeune seigneur, cette fois-ci accompagné de deux serviteurs, prit livraison de son armure il ne put cacher son admiration. Ce qu'il avait sous les yeux était une œuvre d'art. Il félicita Jean et régla le montant de sa commande au-delà du prix convenu.

Cette première armure fut le début d'une aventure. Le bouche à oreille fonctionna et les commandes affluèrent. Tant et si bien que Jean dut agrandir sa forge et embaucher des ouvriers. Mais, dans la forge agrandie, Jean conserva pour lui l'atelier de son père. Avait-il déjà une idée derrière la tête ? Toujours est-il que Jean travaillait à son ancien feu et n'acceptait autour de celui-ci la présence de personne. Peut-être continuait-il ainsi à faire vivre son père.

La noblesse se pressait aux portes des forges de Pyrène, car c'est ainsi que Jean avait baptisé sa nouvelle affaire. Pyrène et Pyrénées... Pyrène et la beauté des légendes... Pyrénées et la majesté de la montagne...

A côtoyer ainsi nobles et chevaliers, Jean se prit à rêver. Il se mit à rêver qu'il pouvait être chevalier. Il rêvait de batailles, d'honneur et de gloire. Lui, si petit, si humble, s'imaginait dans une carapace de fer. Il se voyait, le genou à terre, recevoir la collée de l'adoubement. Il s'imaginait brandissant l'épée pour défendre la veuve et l'orphelin. Quand les rêves restent des rêves ils sont des amis qui accompagnent les nuits, mais quand ils sont présents tout le temps ils deviennent obsédants. Jean le savait mais il ne pouvait mettre un frein à l'emballement de son imagination. Alors Jean eut une idée. Pour apaiser le feu qui le dévorait il décida de forger une armure pour lui. Quel mal y avait-il à rendre une part de son rêve réel ?

Le soir, après avoir fini sa rude journée, il entreprit de réaliser le projet qui emplissait son esprit. Dormant le minimum, mangeant à la va-vite un peu de lard et un quignon, jour après jour, il se mit à mesurer, à dessiner, à imaginer, à créer la plus belle des armures. Dans le village, le bruit de son marteau qui tapait l'enclume résonnait toutes les nuits faisant dire aux habitants : Notre fèvre est devenu fou ! Que peut-il donc faire pour travailler ainsi alors que les ténèbres recouvrent le pays ? Mais, indifférent aux rumeurs, le forgeron tapait, tapait et tapait encore, écrasant, étirant, pliant le fer fumant. Coup après coup, dans ses mains expertes le fer prenait forme. Le temps que cela dura ne peut être vraiment défini mais il s'étira sur plusieurs saisons.

Tout au fond de l'atelier, dans le coin le plus sombre, à l'abri des regards, Jean le rêveur avait installé une sorte de squelette en bois où les plates une à une étaient montées et assemblées avec soin : dossière, épaulières, cuissards, jambières, cubitières, gantelets... Un homme de fer se dressait maintenant et brillait faiblement aux lueurs rougeoyantes du brasier. Un homme de fer sans tête... Mais Jean travaillait encore alors que dans deux heures le jour allait pointer. Que faisait-il ainsi penché sur l'établi, presque sans bouger ? Il mettait la dernière main au rivetage et au réglage de la visière du bassinet. Au bout de la nuit, harassé, Jean mit enfin le heaume en place sur les épaules de fer. L'homme était complet.

Et alors là... Une joie immense souleva Jean et l'emporta jusqu'à des sommets inaccessibles. Nul ne peut décrire ce qu'il se passa alors. Ce fut pour Jean une suite de cris étouffés, de courses bondissantes, de sauts, de mises à genoux, de prières, de danses païennes, de mains tendues vers le ciel pour finir par une prosternation et une adoration d'un presque dieu de fer. Ce ne fut que quand il entendit le premier ouvrier arriver que Jean revint sur terre. Il jeta à la hâte un drap sur l'œuvre de sa vie.

La vie reprit son cours.
Malgré les commandes de plus en plus nombreuses, Jean trouva quand même le temps de tomber amoureux. Jean s'était épris d'une jeune et jolie bergère et la bergère mourait d'amour pour Jean. Francette était le prénom de la belle. Aux premiers jours du printemps Francette et Jean se marièrent.

Dans leur petite maison, Francette fredonnait toute la journée en attendant que son mari, le soir tombé, la rejoigne. Un sourire, un tendre baiser, des mots doux, la joie d'être ensemble : Ils étaient heureux.

Mais parfois, la nuit, Jean doucement se levait. Sans bruit pour ne pas réveiller Francette, à la lumière tremblotante d'une bougie, il sortait de la maison et se

17

dirigeait vers son atelier. Jean rêvait toujours. De temps en temps, il ne pouvait s'empêcher d'aller voir une autre belle : Sa belle de fer. L'armure, car c'est bien elle qu'il allait voir, était depuis son mariage enfermée à double tour de clef dans un placard secret de son coin de forge.

La carapace de fer était son secret et nul jamais ne la verrait. Elle était à lui, à lui seul ! Pour la fabriquer il y avait mis tout son cœur, toute sa science et toute son âme. Il avait souffert des morsures du feu, respiré l'air de l'enfer, transpiré plus que toute l'humanité réunie. Il avait eu soif et faim et sommeil. Il avait donné pour elle beaucoup de beaux jours de sa jeunesse et souvent gémi sous les douleurs aigues qui torturaient ses reins. Il avait payé le prix pour que son œuvre reste son jardin secret dans lequel, suivant ses envies il pouvait se promener avec pour seule compagnie la musique de ses rêves.

Jean, cette nuit, comme bien d'autres nuits avant, ouvrit la vieille porte qui cachait l'armure. La lueur dansante de la chandelle fit entrevoir les beautés de la belle. Merveille ! La lueur était faible, elle suggérait plus qu'elle ne dévoilait et c'est justement pour cela que la magie en était augmentée. Merveille des merveilles ! L'armure, comme pour dire merci de la visite, se mit à briller de doux feux et à se dissimuler un peu dans les plis d'ombres profondes. Elle voulait bien se montrer mais pas trop - Sans doute une part de pudeur qui l'empêchait de jeter à la face du visiteur toute l'étendue de ses beautés. - Une œuvre d'art ! Un tableau de maître ! Le fer bien lisse donnait avec douceur un peu de lumière aux ciselures délicates qui ornaient chaque plate, révélant ainsi la grandeur de l'artiste créateur. Les ombres faisaient surgir les lumières et les lumières rendaient les ombres plus mystérieuses. Grandiose création née des doigts d'un génie !

Jean posa la chandelle et s'assit sur un tabouret à trois pieds, face à son œuvre. Ses yeux caressaient l'armure et son esprit semblait parti. Jean était sans doute bien loin de chez lui. Dans l'éclat que jetaient les polis il voyait les valeurs du preux : le courage, l'honneur et peut-être aussi les lumières de la gloire. Jean avait repris le chemin de ses rêves… Pour la énième nuit le manant était chevalier.

Mais, ce soir, Jean n'était pas seul. Dans l'ombre de l'entrée, Francette regardait son mari. Elle était là depuis longtemps. Silencieuse, ses yeux avaient été de l'armure à Jean et de Jean à l'armure pour finalement se fixer sur Jean. Elle avait toujours su que son mari désertait parfois le lit pour sortir à pas de loup dans la nuit. Elle avait toujours senti que les escapades nocturnes de Jean n'avaient rien à voir avec une quelconque inconduite. Elle aimait Jean et avait confiance en lui. Mais, cette nuit-là, elle avait fini par céder à sa curiosité si souvent aiguillonnée et elle l'avait suivi. Pas besoin de discours : Elle avait compris. Un léger sourire était posé sur ses lèvres et son beau visage chantait l'amour. Sans bouger de l'endroit où elle était, elle dit d'une voix douce :
- Bonjour chevalier.

Jean fut si surpris qu'il manqua tomber du tabouret. Et toujours sans bouger de son coin d'ombre, Francette ajouta :
- Il serait malséant chevalier de choir devant votre dame. Venez plutôt me rejoindre dans notre chambre

pour me conter votre histoire. Je sens que vous allez m'amener vers d'autres lieux, d'autres rivages. Ne vous alarmez pas chevalier, sachez que j'aime les voyages.

Sur ces mots, Francette se retira, laissant Jean sidéré de s'être fait ainsi surprendre. Surpris par l'inattendu de la situation, surpris par la douceur des mots de Francette, surpris par l'humour et l'amour qu'ils contenaient, Jean comprit enfin où était la vérité. L'armure serait donc maintenant un secret qu'il partagerait avec sa douce amie. Tout bien réfléchi, ce qui venait d'arriver n'était pas un drame car, il venait de s'en rendre compte, ses rêves étaient impossibles et ils étaient même devenus, avec le temps, un peu encombrants. En effet, et là aussi il le voyait à peine maintenant, point n'est besoin d'armure pour prouver sa valeur. Un cœur bon peut, dans une vie simple, porter haut les valeurs chevaleresques. L'apparence est un leurre dont les valeurs se moquent.

Jean sourit et, après un dernier regard, referma la porte qui cachait sa belle de fer. Il prit la chandelle dont il ne restait plus grand-chose et se dirigea vers sa maison.

D'un pas assuré il retournait vers sa vie.

Histoire belge en Bretagne

par Robert Ruwet

Monsieur Victor Petitjean était belge mais n'en tirait aucune gloire particulière. Il se savait modeste et respectueux de tous ceux qui étaient nés sous des cieux moins favorables que les siens ; il ne méprisait nullement (ou si peu…) ceux qui ne furent pas, comme lui, gâtés par mille fées penchées sur leur berceau.

Dernier descendant d'une illustre famille dont les origines restaient à découvrir au début du 20e siècle, il avait hérité d'un joli petit pactole que ses aïeux (en fait son père, son grand-père et quelques amis de sa grand-mère) avaient accumulé au cours des deux guerres mondiales en se livrant à un tas de petits négoces assez juteux. Il vivait donc de ses rentes et n'avait qu'une conception fort abstraite de la notion de travail.

De petite taille, rondouillard et le crâne en forme d'œuf largement dégarni, il se considérait pourtant comme un parfait spécimen de l'espèce humaine. Il se proclamait autodidacte sans doute parce qu'il ne termina aucune étude

> *Un esprit épris de liberté comme le mien*
> *ne peut se soumettre à l'autorité sclérosée*
> *de quelques ronds-de-cuir…*

et humaniste adepte du relativisme moral même si le sens exact de cette expression rencontrée au hasard d'une lecture lui échappait quelque peu.

> *C'est exactement cela le fond de ma pensée*
> *car, voyez-vous… enfin, c'est comme ça !*

Cette année, il avait décidé de s'octroyer quelques jours de vacances

Il faut savoir lever le pied de temps à autre, diantre !

et avait choisi de s'exiler en Bretagne.

Il avait jeté son dévolu sur un petit patelin de la région d'Erquy. Ne désirant pas être mêlé à la foule vulgaire des touristes bêlants, il n'avait point voulu de ces stations côtières bien trop fréquentées à son goût. C'est la raison pour laquelle il se retrouva dans un bled loin de tout, y compris de l'océan. Il était le seul client d'une gargote en plein déclin qu'il estima parfaitement typique et de bon aloi. La patronne, une polonaise installée en Bretagne depuis bien des lustres, avait déjà voulu remettre son *affaire* depuis longtemps mais, comme par inertie, elle rouvrait au printemps et profitait de la présence d'un éventuel client (et cette année, en l'occurrence, Monsieur Victor Petitjean) pour se livrer à sa passion : la cuisine. Sa passion complémentaire étant de vider sa cave à vin.

D'un naturel discret et afin de passer inaperçu, Petitjean s'était équipé en conséquence avant de se rendre dans ce coin de l'hexagone qu'il avouait assez mal connaître (en fait il n'y avait jamais mis un pied). Il avait acheté dans une brocante un *authentique pull breton* ligné de bleu et de blanc qui était irrétrécissable au lavage (bien que fabriqué à Taiwan) et un béret à pompon rouge qui lui allait à ravir. La première fois qu'il se promena dans le village ainsi accoutré, les gens du cru crurent qu'un cirque allait s'installer chez eux. Il n'en eut cure car il ne remarqua rien même si les enfants le poursuivaient réclamant des entrées gratuites et que quelques chiens hargneux lorgnaient ses mollets.

Ces Bretons sont bigrement accueillants
mais, nom de dieu, qu'ils bouclent
chiens et gosses dans leurs niches !

Monsieur Victor Petitjean était un fin gourmet doté d'une fourchette délicate. C'était du moins ce qu'il proclamait ; ceux qui l'avaient approché le considéraient comme un glouton abject et un goinfre éhonté. Très heureuse d'avoir (enfin…) un client, madame Anastazi lui mijotait des petits plats typiquement bretons, le plus souvent relevés à la vodka Zoladkowa gorzka car elle n'avait rien oublié de ses origines.

Mais notre globe-trotter se montrait assez réticent. La première (seule et unique !) fois où elle lui servit des huîtres, il refusa de toucher à ces… *choses...*

Quoi ! Que l'on me fasse avaler ces déjections ?
Des crachats de vieillards scrofuleux...

Il faillit quitter la table lorsqu'elle lui servit des araignées de mer…

Suis-je donc tombé dans une tribu de Zoulous ?
Que l'on rejette bien vite ces horreurs
au plus profond des océans !

Lorsqu'il apprit que l'Andouille de Guémené qui se trouvait sur son assiette était faite d'abats de porc il courut vers les WC avant qu'il ne soit trop tard.

Quant aux crêpes bretonnes que la bonne Polonaise lui servait, elles lui semblaient si minces et si légères qu'il demanda que l'on fermât les fenêtres de peur qu'un courant d'air les emportât.

Ainsi donc, le plus souvent, il refusait le menu du jour et demandait qu'on lui préparât un bon steak-frites-salade.

23

Comme à des gens civilisés, par Toutatis !

Par contre, après le repas, il était fort enclin à partager avec son hôtesse quelques petits (façon de parler…) pousse-cafés locaux sans oublier une vodka Zoladkowa gorzka.
Ah, les beaux bâtisseurs de l'Europe que ces deux-là ! Dans ce petit coin de Bretagne perdu au milieu de merveilleux bocages, Anastazi la Polonaise fredonnait quelques vieilles rengaines de sa voïvodie natale, tandis que Victor le Belge lui contait les légendes de ses Ardennes tout en sifflant un nombre assez impressionnant d'alcools divers mais où le calva avait la part belle.

Lorsque la nuit était tombée depuis (très) longtemps, Monsieur Victor Petitjean regagnait sa chambre sur un pas de Fest-noz. Un matin, il se réveilla dans la chambre (et même dans le lit) de Madame Anastazi.
Oui… sans doute… sur le palier du premier étage,
au lieu de tourner à gauche, peut-être ai-je tourné
à droite. C'est si mal éclairé...
Une dizaine de jours après son arrivée, alors que notre bon Victor commençait à s'habituer au climat breton,
Il pleut presque autant que chez moi
mais il y fait bougrement plus venteux.
Anastazi sers-nous donc deux bols de cidre !
un événement se produisit. Un couple de l'endroit, les Ker Bolzec, fêtait ses dix ans de mariage. En fait il s'agissait d'un remariage car ces braves gens frisaient la bonne cinquantaine et trainaient derrière eux de nombreux enfants provenant de divers mariages et autres mésalliances antérieurs. Mais ils voulaient marquer le

coup et fêter ça chez la Polack réputée pour l'excellence de sa table.

Lorsque Yann et Nolwenn Ker Bolzec se présentèrent à l'hôtel, ils étaient accompagnés des deux enfants qui vivaient encore avec eux : Jason, un adolescent (très) boutonneux qui passait sa vie en grommelant engoncé sous la capuche de son survêtement, et Marylin une sorte de grosse chose dont l'obésité dissimulait à peine un facies simiesque. Yann n'ayant pas le droit à la parole (ce qui l'arrangeait assez car il n'avait rien à dire), ce fut Nolwenn qui exposa ses exigences.

Il était question d'organiser un fastueux repas pour une vingtaine de convives ; on ne regarderait pas trop à la dépense (quoique…) mais on voulait de la qualité. De la qualité et du local ! Pour cela, on comptait sur la Polak ! Du homard à l'armoricaine en entrée, du pré-salé du Mont Saint-Michel avec gratin enfin bref… ce qu'il y avait de mieux. De toute façon, ils lui faisaient confiance.

Anastazi faillit refuser cette proposition car elle avait perdu l'habitude de cuisiner pour autant de personnes mais son hôte belge intervint :

-« *Mais je suis là ! Je me charge de tout ! Acceptez ma douce amie : vous ne le regretterez pas* ».

Elle accepta mais le regretta.

Dès qu'ils furent seuls, les deux complices se concertèrent. Il faut savoir que, depuis quelques jours déjà, la polonaise et le belge avaient atteint un stade assez élevé en qui concerne leur intimité… Il appelait Anastazi, *ma petite Tazi* et elle le nommait *mon beau Victor*. Il est vrai qu'elle mettait dans cette douce appellation une évidente pointe d'humour mais cet humour passait loin au-dessus du pompon rouge de l'homme au pull rayé.

Il allait donc se charger de tout et préparer un de ces festins dont on parlerait longtemps dans les Côtes d'Armor. Il commença par réfuter le homard.

-« *Cette bestiole primitive aux pattes poilues a tout intérêt à ne pas quitter ses bas-fonds. S'ils veulent du poisson, je m'en vais te leur servir des filets de rollmops au vinaigre avec tranches d'oignons dont ils me diront des nouvelles ! »*.

Par ailleurs, quand il apprit que le *pré-salé du Mont Saint-Michel* était un agneau qui avait brouté l'herbe forcément salée de la baie du Mont Saint-Michel, il ne voulut pas en entendre parler.

-« *Vous comprenez, ma petite Tazi, que ces stupides bovidés* (ils n'avaient jamais très bien fait la distinction entre un ovidé et un bovidé), *dans cette saloperie de baie, bouffent autant de mazout que de sel. Vous voulez empoisonner vos gens ? Une bonne fricadelle de porc convient infiniment mieux pour ce festin. Il convient, évidemment que ce plat de roi soit accompagné de frites bien grasses et servi avec une onctueuse mayonnaise maison. Jamais de ces mayonnaises industrielles bourrées de produits chimiques et de pesticides. Mélanger le jaune d'œuf avec un peu de sel, du poivre, de la moutarde et du vinaigre et rien d'autre ! Par pitié, rien d'autre. Pour le dessert... par ici vous mangez trop de fromages : vous allez foutre vos intestins en l'air. Je leur servirai un bon chocolat glacé : ça descend tout seul. Quant aux vins... venez : nous descendrons dans votre cave afin d'effectuer notre choix.*

Quand ils remontèrent de la dite cave, plusieurs heures plus tard, ils étaient dans un état qu'il vaut sans doute mieux ne pas tenter de décrire. La patronne n'étant plus en mesure de formuler la moindre objection, il fut décidé que ce serait bien Monsieur Victor Petitjean qui serait le maitre d'œuvre du festin des Ker Bolzec.

Le jour J, Yann et Nolwenn Ker Bolzec débarquèrent avec leur progéniture et quelques alliés. Depuis leur dernière visite, Jason n'avait pas quitté l'abri de sa capuche et Marylin avait eu le temps d'ajouter, le long de son mètre cinquante, quelques kilos inégalement répartis. Quant au reste de la bande, il se montra braillard et assoiffé.

L'apéritif dura plus de deux heures et, enfin, l'extra qui avait été engagé vint servir les entrées. Lorsque les Ker Bolzec et assimilés virent leur rollmops, ils crurent à une plaisanterie et vagirent des torrents de rires énormes. Lorsqu'ils comprirent qu'il s'agissait bel et bien de l'entrée de leur repas festif, ils se renfrognèrent se promettant de faire un sort à la suite des plats.
Hélas pour eux, cette suite était composée de fricadelles, frites, mayo. Lorsque Monsieur Victor Petitjean émergea des cuisines, suant sous son béret à pompon rouge, pour bien stipuler qu'il s'agissait de mayonnaise maison,
        jaune d'œuf avec un peu de sel, du poivre,
    de la moutarde et du vinaigre et rien d'autre !
deux ou trois des convives (dont le jeune Jason) se levèrent et se dirigèrent vers le cuistot du jour la mine mauvaise et le couteau frétillant.

Le bon touriste belge n'en demanda pas davantage : il courut dans sa chambre qu'il cadenassa et alla se cacher sous son lit. Le lendemain matin à l'aube, il fit ses adieux (on ne peut plus glaciaux) à la belle Anastazi.

De retour chez lui, il déconseilla à ses connaissances de prendre des vacances dans la région d'Erquy.

Des jobards qui n'y connaissent rien en gastronomie.

Le Rossignol Andorran

par Robert Beltran

Un petit trou profond, entre les pierres nues de la petite chapelle avec son beau clocher d'art roman, cachait la demeure d'un heureux rossignol andorran.

La paisible et souriante rivière Ariège descendait vers Ax. Sur le versant gauche de la montagne, une forêt de sapins, assez dense, dissimulait en son milieu un vieux peuplier trapu mais beau.

Le vieil arbre avait survécu à de nombreuses coupes de ses voisins, les majestueux sapins. Un des bûcherons, en partant l'avait baptisé avec mépris «Malafusta», «fusta, qui ne sert à rien» avait-il dit.

Après chaque coupe de ses voisins, il restait là, entouré de petits sapins, tel un maître d'école, dans la cour de récréation, avec les enfants. Maintenant que le soleil entrait dans la clairière, il grossissait à chaque fois en prenant de l'embonpoint, mais il ne grandissait pas pour autant.

Quand l'hiver avait refroidi les pierres de la chapelle, le rossignol d'Andorre prenait son envol vers la vallée de l'Ariège, passait le col d'Envalira et survolait le Pas de la Case. Une fois, il y a longtemps, il pénétra dans la forêt de sapins, aperçut le vieux peuplier au bois tendre et prit possession d'un beau trou profond. A quelques pas de là, passait un petit chemin de traverse, chemin que chaque jour empruntait matin et soir un enfant, heureux d'aller à l'école. L'enfant sifflait toujours des chansons et le rossignol d'Andorre semblait lui répondre avec son propre répertoire. Ils finirent par siffler à l'unisson.

La modeste ferme, où l'enfant habitait avec ses parents, était un peu loin de l'école et comme ils n'avaient pas de charrette pour emprunter le bon chemin, l'enfant allait à l'école à pied à travers forêt et champs.
«La montagne est belle toute l'année, elle nous montre les quatre saisons, mais heureusement que nous avons l'Andorre pas loin, disait son père, cela nous permet de faire un peu de commerce, car sans elle nous pourrions mourir de faim.»

L'enfant et le rossignol d'Andorre, maintenant bons amis, en plus de siffler chacun sa chanson, apprirent l'un de l'autre des nouvelles notes, des nouveaux sons. Le rossignol avait un répertoire si grand avec les tonalités de la Marratxa et Contrepas andorrans ! En plus, il avait appris des sons de toutes ces langues parlées en Andorre, qu'il en avait fait lui-même une infinité de chansons.

L'enfant se prénommait Adelin, il était bon élève à l'école. Maintenant il avait dix ans, et rêvait déjà de devenir poète, d'écrire des histoires et poèmes. Il en faisait déjà des brouillons.
Les années passèrent. A quatorze ans, Adelin quitta l'école pour aider ses parents à la ferme. «Malafusta» abrita pendant des années, tous les hivers, le rossignol andorran.
Les bûcherons arrivèrent un jour, en bonne lune, pour couper les sapins. L'un d'eux voyant le vieux peuplier au

bois tendre, impropre à la construction, pensa «il va nous gêner pour transporter les troncs!»
Le chef d'équipe lui dit : «coupe-le, nous l'amènerons à Saint-Girons, là ils en feront du bon papier pour imprimer des livres avec des beaux mots!»

Si vous lisez un livre d'histoires andorranes ou des poèmes de la région, peut-être apercevrez-vous des petites taches minuscules entre les lignes. Ce n'est pas un défaut de fabrication, ce sont des petites particules de plumes du rossignol d'Andorre, qui, dans le coeur tendre du vieil arbre, nommé «Malafusta» avait choisi de rester pour toujours.

En passant près de la chapelle romane, peut-être entendrez-vous, à la belle saison, le chant varié d'un oiseau. Il est un des descendants du rossignol andorran qui, dans le mur de la chapelle aux pierres sèches, habite maintenant la maison de ses parents.

Les cinq songes de l'Ours
Seigneur des Pyrénées

par Bernadette Truno

Tandis que la N° 20 déroule son ruban gris d'asphalte, vers la Haute Ariège et l'Andorre, parallèlement à son rival le chemin de fer, surplombant tous deux les eaux tumultueuses de l'Ariège, l'Ours brun des Pyrénées *ursus actos* hante, loin des hommes, les terres jumelles toujours rudes et sauvages de l'Andorre et de la Haute Ariège.
L'Ours est mythique mais il est aussi bien réel.

Pendant des siècles, l'Homme a partagé la montagne avec l'Ours. Leurs existences parallèles sont faites de familiarité mais aussi de craintes. Pour les hommes de la montagne, les ours sont certes une présence familière mais dont il faut "se garder". Ils ne parlent jamais de la rencontre avec l'Ours comme d'une rencontre avec un autre animal sauvage. Ils ne disent pas : "j'ai vu un ours" mais "j'ai vu l'Ours". Et dans les villages, il y avait "l'Homme qui a vu l'Homme qui a vu l'Homme..... qui a vu l'Ours" !
L'Ours est prénommé Brun à cause de la couleur de son pelage. Il devient l'Ours Martin, ami de l'Homme par la grâce de Valérius, évêque d'Austria (Saint-Lizier) dont il remplace la monture. Le prénom l'humanise autant que ses attitudes et ses aptitudes. Semblable à l'Homme lorsqu'il se dresse, il sait, comme lui se tenir debout, saisir de ses

pattes les fruits, le miel, il s'assied, descend d'une échelle, ouvre une porte, est omnivore et, plus inquiétant, s'accouple comme les humains : "tout étendus l'un sur l'autre" décrit Gaston Phébus*.

Animal redouté, massif, puissant, velu, couleur des ténèbres et du rouge de la colère, il incarne, dans les Pyrénées, la nature insoumise et pleine de mystère.
Loin de n'être que prédateur ou gibier, l'Ours pyrénéen est porteur d'images, de croyances, il est porteur de rêves autant que de peurs et de fascination. C'est le seigneur des Pyrénées.

Roi des animaux chez les Celtes et les Germains, objet d'un culte populaire, les clercs finissent par le diaboliser, le ridiculiser. Au Moyen Age, ils le remplacent sur son trône par le lion. Le "_Roman de Renart_", épopée animalière, fait de Brun l'ours, le vassal de Noble lion.

Animal solitaire et lunaire, accordé au cycle végétal, l'Ours disparaît aux premiers froids dans sa caverne, pour réapparaître au printemps après son hivernage. Force vitale primitive liée au renouveau, son réveil annonce celui de la nature, le retour à la vie.

---

*_Illustration du "_Le livre de la chasse_" de Gaston Phébus_ "Ci devise de L'ours et de toute sa nature" _A droite représentation de l'Ours_ "faisant sa besogne avec l'Ourse" _à la manière humaine._

Nul ne sait à quoi rêve l'Ours de nos montagnes ! Cependant, le souffle glacé du vent sur les crêtes me l'a, en cachette, confié.

Cinq battements de cœur par minute dans l'obscurité de la caverne.... cinq songes en écho.....

Son premier rêve est sombre. L'Ours est au pic Pedros, à 2942 mètres. Il domine la vallée glacière, ses pics étincelants. Il regrette la vieille Andorre qui va, perdant son âme, sous la dent féroce d'un urbanisme dévastateur, de commerces, lotissements, bâtiments de pierre certes, coiffés d'ardoises, mais dont les interstices des murs ne sont plus remplis de "mortier d'agaces".

Il cauchemarde sur l'installation des pistes de ski destinées aux chercheurs de "sensations fortes" et d'exploits de tavernes, insensibles à la splendeur de la montagne chevelue de forêts. Il leur préfère encore les randonneurs raquettes aux pieds, bonnet sur la tête, mollets taillés en arbalete et le souffle givré sur moustaches et lèvres, sur ces pistes, ces sentiers qui défigurent la Terre Mère saignent les flancs de la montagne, scalpent les arbres centenaires et arasent mousses et rhododendrons. Plus de silence dans les monts ! Tout est bruit, de jour comme de nuit, ballet des dameuses ou descentes de ski aux flambeaux.... Tout cela bouleverse l'Ours brun, seigneur de la montagne.

Le deuxième rêve : plus douloureux : la capture et le dressage des ours pour une vie saltimbanque qui les entraîne jusqu'aux Amériques.

Les hommes, en effet, volaient les oursons dans les cavernes en une horrible "cueillette", pire que la chasse à l'ours que la neige trahit, pour qu'il meure ou finisse enchaîné. Le poète pyrénéen de Foix, Raoul Lafagette se lamente sur le sort de l'ours enchaîné qui "ne peut se consoler de ne savoir pleurer".

Gibier, sa peau est vendue fort cher mais aussi sa viande et sa graisse. Ses griffes et ses dents sont de glorieux trophées! La chasse à l'ours du roi Henri, en 1578, à la montagne de Mérens, à la frontière de l'Espagne, est restée dans toutes les mémoires. Le poète du Barthas glorifie le roi vainqueur de l'ours, qu'il compare à Hercule, vainqueur du lion de Némée !

Durant les veillées, les histoires d'ours étaient contées, à voix basse, près de la cheminée. Ainsi à Montségur, souvent on évoquait le combat épique d'un taureau et d'un ours qui se terminait par la fuite du taureau blessé. Récit transmis de génération en génération....

Mais le plus souvent, son rêve doré emporte l'Ours vers les ruches qu'il connaît bien sur les flancs de la montagne où il va prélever son tribut sans remords, au contraire.

Ses songes le ramènent aussi vers les troupeaux des estives, à la grosse brebis qu'il a dévorée avec délectation au grand dam du berger, de ses chiens et de son propriétaire.

Il se voit braconnant près des lacs poissonneux, alimentés par les torrents où sautent les délicieuses truites fario, où son habileté dément son apparente balourdise. Quel concurrent pour les pêcheurs !

Au plus profond de son sommeil, il glisse dans le rêve blanc. Surgit, alors, la carrière de talc de Trémouns à 1800 mètres d'altitude dans le massif du Tabe. Ce premier gisement mondial, exploité à ciel ouvert depuis le milieu du dix-neuvième siècle, a fait la richesse du pays de Luzenac. Comme l'Ours brun, correspondance étrange, la mine vit au cycle des saisons. Les hommes du talc s'affairent en effet du printemps jusqu'à l'automne.

Subjugué par la beauté des jeux du soleil et de l'ombre sur les pentes du Saint Barthélémy, l'Ours regarde les hommes, fourmis laborieuses parmi les gros engins aux roues surdimensionnées.

Noirs sont les hommes, blanche est la montagne.

L'artificier avait fait éclater un pan de la paroi. A présent, la roche blanche gît tandis qu'elle voit le jour après des millions d'années passées sous la terre. Sous l'outil d'hommes venus des pays du soleil, Portugais ou Marocains, respectueux de cette roche noble et fragile, apparaissent des marches gigantesques, d'une blancheur éblouissante.

Ainsi se dresse, à Trémouns, une sorte de pyramide, abritant le génie de la montagne. En automne, des nuages, sarabande semblable à une chevauchée fantastique, finissaient dans un cataclysme de bruit et de lumière. Des éclairs régénéraient la terre, éclatante de colère contre les hommes qui la martyrisaient. Il était temps pour la Terre et pour l'Ours de se reposer.....

Son rêve heureux et doux, c'est celui de l'Ourson, son enfance sauvage. La caverne, la forêt hospitalière, les éboulis où il est bon de descendre les pentes, les clairières ombreuses et parfumées, la rosée, les senteurs. C'est lui gambadant avec son jumeau, testant ses forces, luttant par jeu, mordillant Maman Ours qui, d'un coup de patte, calme les ardeurs. Ces Oursons ne sont-ils pas, peut-être, aussi les siens que leur Maman Ours a prudemment éloignés de lui. Et l'Ours brun des Pyrénées s'attendrit tout soudain. Il est si beau l'ourson en ses jeunes années ! Il incarne l'innocence, la joie, la drôlerie. Tout n'est que jeu pour lui. Mais que deviendrait-il ?

Chose étrange, alors le rêve s'illumine. Et l'ourson apparaît dans la maison des hommes sous les traits de Nounours, Nounours des tout-petits. Une voix enfantine chante une berceuse où Nounours en tissu, en chiffon, en velours protège les enfants comme un ange gardien. Je la connais si bien que je vais vous l'écrire de crainte qu'elle ne tombe dans l'oubli.

"Moi je dors avec Nounours dans mes bras
Chaque nuit je lui parle tout bas
Je lui raconte tous mes petits chagrins
Moi je dors avec Nounours dans mes bras...."

Par la médiation de l'ourson, était enfin réalisée l'Alliance nouvelle entre le règne humain et le règne animal.

La candeur de l'enfance avait chassé la crainte. Quand le chant s'arrêta, le songe doux s'enfuit.....

Mais L'Ours n'a jamais su, dans sa forêt profonde, qu'il resterait à jamais dans la mémoire des hommes de la terre andorrane et de la Haute Ariège et qu'il serait toujours Seigneur des Pyrénées.

Dessiné et peint dans les sites préhistoriques il figure sur de nombreux blasons. Il y a le "Pas de l'Ours" sur le sentier du mont Valier, la "Source de l'Ours" au-dessus de Mérens, et la "Tute de l'Ours" est le nom de sa caverne, enfin Os de Civis, village haut perché aux confins de l'Andorre.

L'image de l'Ours est présente dans le décor des églises, dans sculptures ou fresques.

Nées de l'inspiration populaire des montagnards de nos vallées, des têtes d'ours en bois s'alignent sur les corniches de petites églises romanes, ou ornent leur portail. Il figure à l'église d'Ustou dans la légende de Saint Valier, de son âne et son ours, à Saint Volusien de Foix sous les traits de deux oursons jumeaux, mais aussi sur la magnifique fresque de la chapelle funéraire de l'église des Jacobins de Toulouse dans laquelle un bel ours gravit les pentes de la montagne qui a servi de retraite à Saint Antonin de Pamiers, ermite Pyrénéen !

Il apparaît souvent dans contes et légendes, telle la plus célèbre, celle de Jean de l'Ours.

Mais nul mieux que le poète Raoul Lafagette n'a célébré l'ours brun de nos Pyrénées, dans son recueil "Pics et vallées", 1885

L'Ours

Gloire à l'Ours
Qui marche à pas lourds !
Gloire à la bête qui va seule !
Gloire à ses reins poilus que nul n'a fait plier !
Gloire à sa patte, fort pilier !
Gloire à sa gueule !

Il méprise à plein cœur l'infime espèce humaine,
Dont l'orgueil n'exclut pas la proximité,
Lui qui sut se choisir, en sa fauve fierté,
Les cavernes pour gîte et les pics pour domaine...

Le banquet de l'Adolphine

par Michel Jarrié

Tout le petit monde se pressait pour prendre place au repas qui se déroulait chaque 11 juin au centre du village. C'était le seul jour de l'année où les hommes mettaient cravate et chemise blanche, leurs tenues étant certes modestes mais d'une grande propreté.

Les dames rivalisaient de coquetterie malgré le peu de moyens dont elles disposaient.

Ce banquet de l'an 1939 était le quarantième du nom et peu de participants en connaissaient l'origine ; encore moins le ou les noms de ceux qui furent les initiateurs de cette fête.

Adolphine, pourquoi ce nom ?

Adolphe naquit en 1839, sa sœur Joséphine dix ans plus tard.

Enfants d'humbles fermiers, le garçon, dès douze ans, prit le chemin de la terre. Le père, devenu impotent, le fils prit les rênes. Il sua sang et eau afin que sa cadette, aussi mignonne que douée, connaisse une autre vie.

Une parente, ayant fait son chemin, leur proposa de l'héberger afin que Joséphine réussisse dans ses études.

Elle fut leur fierté et, plus tard, la voilà citadine et bien mariée.

Le père parti très tôt, Adolphe maintint la ferme à bout de bras. Sa seule distraction, les dimanches de morte saison, était de prendre le chemin de la pêche au carré avec son seul véritable ami Adrien, le fils du notaire. Arriva la guerre de 1870. L'homme partit le jour de ses trente et un ans.

En guise de gloire, il partagea le déshonneur de Bazaine à Sedan et revint au pays sur une jambe.

Avec une misérable pension, il fit front, allant aux champs avec son pilon et protégeant la mère du mieux qu'il pouvait.

Celle-ci partit peu de temps après. Joséphine et son époux vinrent aux obsèques. Ils proposèrent à Adolphe de lui trouver un petit emploi réservé pas très loin de leur ville mais, bien sûr, notre homme préféra rester au pays et se débrouiller par lui-même.

Il s'ancra dans sa vie de solitude, vivant du produit de son jardin et de sa pêche dont le troc lui assurait l'essentiel. Bah ! Par ces temps il y avait plus mal loti que lui.

Peu de temps après son ami notaire le convoqua et lui fit part que Joséphine, consciente de tout ce qu'elle devait à son aîné, avait décidé de lui allouer une somme mensuelle relativement coquette et avait chargé le notaire de percevoir l'argent et de le tenir à la disposition de son ami d'enfance.

-Ta sœur a bon cœur, tu vois.

-Bon cœur, bon cœur, toi qui me connais, tu crois que je suis homme à vivre de mendicité ; tu vois, je me sens humilié.

- Je te comprends mais ne sois pas stupide. Voilà ce que je te propose : je gère l'argent afin qu'il fructifie et, si plus tard ton état de santé l'exige, ce capital te permettra de garder ton indépendance.

Rendu à la raison, Adolphe ne retira jamais un centime de

cet argent tant et si bien qu'il fut détenteur d'un confortable matelas.

Le temps passa.

L'usure du temps fit qu'Adolphe rendit l'âme le 11 juillet 1899.

Joséphine éprouva un réel chagrin. Son époux, très imbu de sa personne, nettement moins ; passé la cérémonie le couple se rendit chez le notaire.

Adrien les reçut et on passa aux formalités de la succession. Là, le notaire leur dit en préambule :

- Vous savez les liens qui m'unissaient à votre frère, aussi, peu avant de mourir, Adolphe m'a confié un écrit dont il m'a révélé la teneur.

Le notaire décacheta une enveloppe, en sortit une feuille et lut :

- Moi, Adolphe Tindille, j'énonce mes dernières volontés. Je tiens à remercier Adrien mon ami de toujours et bien sûr ma chère sœur qui a été pour moi d'une grande générosité. Le fait d'avoir contribué à son éducation ne l'obligeait en rien. Ces sommes ont été gérées par mon ami sans que j'en soustraie le moindre centime: l'humble que j'ai toujours été n'en a pas moins sa dignité. Aussi, je déclare que dès l'année suivant ma mort, au bout de l'an, ait lieu sur la place du village un gros repas destiné aux pauvres de la commune. Je confie au notaire le soin de l'organisation du banquet, lequel durera aussi longtemps qu'il y aura des sous pour le faire.

Joséphine, émue, approuva la mesure. Son tendre époux fut plus mesuré.

Voilà le pourquoi de ce banquet qui fêtait cette année-là ses quarante ans.

Durant les années de la grande guerre, il fut réservé aux familles des nombreux disparus et ensuite reprit son cours normal.

La municipalité, pour fêter l'évènement, empierra le chemin qui mène au mas des Tindille et, ce 11 juillet là, on inaugura la voie que, bien sûr, on nomma "Chemin de l'Adolphine".

Qu'est devenu le mas ? La toiture a cédé, seuls les murs en pierre ont résisté noyés sous une épaisse couche de lierre.

Bien sûr, depuis ce temps, tout ce monde a disparu. Il ne reste plus aucune trace, au point que je me demande parfois s'il a réellement existé.

L'énigmatique roi d'Andorre

par *Corinne Toupillier*

Enclavée dans les montagnes pyrénéennes de France et d'Espagne, se niche la jolie petite Principauté d'Andorre. Sa gouvernance qui date du Moyen-âge fait figure d'exception. Ce système féodal, le paréage – anciennement paréatge – n'est autre qu'un contrat de droit d'association entre deux (ou plusieurs) seigneurs, qui leur assure une égalité de droits et une possession en indivision sur une même terre.

Le premier paréage date de 1278. Il instaura une souveraineté conjointe entre le Comte de Foix, en France, et l'Évêque d'Urgell, en Catalogne, sur le territoire andorran, et la naissance de la principauté. C'est lui qui donna alors à l'Andorre sa forme politique. Plus tard, en 1607, un édit établit le roi de France d'une part, et l'Évêque d'Urgell d'autre part, comme coprinces de l'Andorre.

Au fil des ans, côté français, la couronne de France a remplacé le Comté de Foix, les présidents de la République ont succédé aux rois.

Côté espagnol, rien n'a changé malgré le passage des années, voire des siècles. C'est toujours l'Évêque d'Urgell qui dirige. Deux souverains pour gouverner un des plus petits états d'Europe !

Les lois sont votées par le « Consell General » et le pouvoir exécutif est exercé par le Gouvernement d'Andorre. Tout cela semble bien simple et bien facile…

Pourtant certains épisodes de l'histoire d'Andorre montrent que tout n'est pas si linéaire…

45

Dans les années 30, la principauté fut agitée par des troubles politiques et sociaux. Justi Guitart i Vilardebó, l'évêque d'Urgell, demanda alors de l'aide au président de la République française, Albert Lebrun. Celui-ci répondit immédiatement présent, et envoya en Andorre, le 8 août 1933, une cinquantaine de gendarmes afin qu'ils rétablissent l'ordre. L'Évêque souhaitait surtout que les élections, qui faisaient suite à la destitution du « Consell », se déroulent dans le calme.

Deux mois plus tard, les gendarmes, qui avaient mené à bien leur mission, quittaient la principauté.

C'est à cette époque qu'apparait dans le paysage andorran un homme singulier et charismatique : Boris Skossyreff…

Ce petit pays, en marge de l'histoire européenne, et chargé de mystère a tout pour attirer cet homme atypique.

Mais qui est donc cet inconnu ?

D'origine russe, de son vrai nom, Boris Mikhailovitch Skossureff-Mawrusow, il se dit membre d'une famille de nobles qui étaient au service du Tsar. Avant son arrivée en Andorre, l'homme semble avoir mené une vie aventureuse et plutôt tumultueuse. Une vie de globe-trotter, pleine de trous et de secrets…

Il serait né en 1896 en Lituanie, à Vilnius, ville qui appartenait alors à l'empire russe.

En 1917, il aurait été incarcéré avec son père et ses trois oncles dans une prison de Saint-Pétersbourg. Des cinq hommes, il serait le seul rescapé, ayant réussi à s'échapper aidé par un ami. Il aurait alors fui la révolution bolchévique et traversé de nombreuses contrées.

Ayant demandé l'asile politique à l'Angleterre, il se serait enrôlé pendant deux ans dans l'armée britannique et, toujours selon ses dires – qu'il convient de mettre au conditionnel – aurait sillonné le monde, en qualité d'espion, au service de Sa Majesté Georges V.

Pendant ces années, il remplit des missions plus ou moins mystérieuses, pour lesquelles il s'attribue des titres de gloire, parfaitement invérifiables, comme celui, entre autres, de traducteur et d'agent de liaison auprès de la mission militaire japonaise...

Des activités peu claires, qui lui valurent plusieurs arrestations dans différents pays, notamment pour chèques sans provision et escroquerie. Mais Boris est habile et il se défend en prétendant être riche, et, dans l'impossibilité de récupérer son argent dans le contexte géopolitique du moment.

S'il change régulièrement son identité, c'est par crainte des Bolchéviques, dit-il, ce qui ne semble pas toujours justifié, notamment aux yeux de différents magistrats, par exemple lorsqu'il vit au Royaume-Uni. Boris Skossyreff intrigue...

Il possède un « passeport Nansen[1] », permettant aux Russes blancs qui fuient la révolution bolchévique et ont été déchus de leur nationalité par Lénine, de pouvoir migrer vers d'autres pays. Grâce à ce certificat d'identité, il parvient, en 1925, à s'installer aux Pays-Bas où il officie, toujours selon ses allégations, en tant qu'espion, grâce à ses liens avec les Russes blancs... Serait-ce pour cette raison que le Président du Conseil des Ministres, en accord

---

[1] Le passeport Nansen était entre 1922 et 1945 un document d'identité reconnu par de nombreux États permettant aux réfugiés apatrides de voyager alors que le régime international des passeports qui avait émergé à la faveur de la Première Guerre mondiale assujettissait les déplacements aux formalités douanières.

avec la Reine Wilhelmine, lui donna le titre de Comte d'Orange (toujours selon ses dires, bien sûr) ?

À cette même période, il fait la connaissance de Marie-Louise Parat de Gassier, une Française appartenant à une riche famille de Provence, de dix ans son aînée, qu'il épouse en 1931 sous le nom de Skosyrew (une des nombreuses variantes de Skossyreff). Ce mariage ne sera sans doute pas une grande histoire d'amour, mais entre eux, s'établira néanmoins une véritable relation qui restera stable au fil du temps.

Malgré tout, il la quitte très rapidement pour une femme plus jeune, une Anglaise du nom de Polly Heard. Avec elle, il part s'installer à Palma de Majorque où il se présente comme professeur d'anglais et de sport. Mais ses nombreuses frasques lui valent d'être expulsé pour troubles de l'ordre public.

Le couple s'est, entre-temps, lié d'amitié avec Florence Marmon qui a divorcé du richissime constructeur automobile américain, Howard Marmon.

Qu'est-ce qui leur donne l'idée de se diriger vers la petite principauté ? Nul ne le sait. Toujours est-il que tous trois arrivent en Andorre, territoire minuscule, mais prospère. Relativement isolé, le petit pays, qui se tient à l'écart de la scène européenne, exerce une sorte de fascination sur Boris Skossyreff et sur son goût de l'inconnu…

Ils s'installent dans une demeure, près de Sant Julià de Lòria, dans le village de Santa Coloma. Boris obtient la nationalité andorrane.

Pour lui, cette petite nation a été oubliée. Des émeutes ont éclaté et le gouvernement en difficulté n'est pas suffisamment soutenu.

Or, le jeune Boris Skossyreff fourmille d'idées. Il commence donc par proposer des solutions économiques, promettant de moderniser, et d'améliorer le niveau de vie des Andorrans. Il rencontre aussi bien des agriculteurs et des artisans que des entrepreneurs et des décideurs. Il suggère de construire un casino comme celui de la Principauté de Monaco, et de faire venir les investisseurs étrangers en faisant de l'Andorre un paradis fiscal semblable au Liechtenstein. Sûr de lui, il présente ce programme aux membres du gouvernement. En contrepartie, il demande… à être roi !

Hélas, les choses ne se passent pas exactement comme il le souhaite, et il est expulsé.

Mais il en faut davantage pour le décourager ! Il s'installe en Espagne dans un hôtel de la Seu d'Urgell, près de la frontière, et s'emploie à perfectionner son nouveau plan.

Quelque temps plus tard, il refait surface et revient dans la Principauté en prétendant avoir le soutien de la noblesse européenne.

Se posant en légitime héritier des Comtes de Foix et du Béarn, il déclare que seul Jean d'Orléans, duc de Guise, peut avoir autorité en Andorre. Il affirme que le peuple andorran n'apprécie pas du tout d'être dirigé par le Président de la République française et conteste son rôle sur l'Andorre.

Le 6 juillet 1934, il se proclame Roi d'Andorre !

En échange de quoi, il soumet au Père Torres Riba, qui est le Président du Consell Général son nouveau programme, calqué sur le précédent : moderniser le pays, faire entrer les capitaux étrangers, toujours fidèle à son idée d'en faire un eldorado fiscal. Il réitère son projet d'ouverture d'un

Casino, y ajoute des Thermes, afin d'attirer de très illustres et riches visiteurs. Il promeut l'éducation et le sport, ainsi que de l'aide aux plus démunis. Déterminé, il rencontre de nombreux journalistes à qui il expose ses objectifs.

Le Consell approuve son projet à l'unanimité moins une voix, celle du Conseiller Mossèn Cinto.

Trois jours plus tard, le 9 juillet 1934, un gouvernement provisoire est formé. Le Consell Général des Vallées devient le nouveau Parlement, et un nouveau drapeau, orné d'une couronne (qui remplace le blason) flotte sur le bâtiment. Boris 1er pose pour une photo officielle.

Après avoir dissous le Consell Général, le nouveau roi et son gouvernement provisoire rédigent une Constitution (qu'il fait imprimer à 10000 exemplaires) qui proclame la liberté politique, religieuse, d'opinion et de presse.

Boris Skossyreff, devenu Boris Ier, autoproclamé roi du gouvernement d'Andorre, déclare :

« Nous Boris, Comte d'Orange, baron de Skossyreff,

Après avoir exposé à nos Augustes Alliés la cause du conflit avec Son Excellence L'Evêque de la Seu d'Urgell

Notre Conseil Privé entendu,

Entendues les déclarations faites par les Andorrans fidèles qui nous ont demandé notre aide,

Considérant que Son Excellence l'Evêque de la Seu d'Urgell s'est refusé à présenter ses excuses pour les injures faites à notre dignité, injures publiées par le « Courrier de Lérida »

Déclarons la guerre à Son Excellence l'Evêque de la Seu d'Urgell.

Nous proclamons Princeps Sobranus et Supremus Andorrae et Défenseur de la Foi.

Ordonnons à notre héraut d'armes d'annoncer au son de la trompette, sur les places les plus fréquentées des six communes des Vallées, que Boris 1er, a été proclamé roi, prince des Vallées d'Andorre et lieutenant de Sa Majesté Jean d'Orléans, Roi de France. »

Son charme et son assurance opèrent et le Conseil général des Vallées entérine cette décision. Le président français Albert Lebrun, coprince d'Andorre également.

Les Andorrans, démoralisés par cette période d'agitation, voient en lui un sauveur, capable de donner de l'élan à la Principauté. Ils sont manifestement heureux de l'avènement de cette monarchie et le considèrent de suite comme le véritable souverain d'Andorre.

Mais, une nouvelle fois, les choses ne vont pas se passer comme il le désire.

Le Conseiller Mossèn Cinto qui s'était opposé à son projet, va trouver l'Évêque d'Urgell, le coprince d'Andorre, et lui demande son intervention face à ce roi « autoproclamé », sans aucune légitimité. L'Évêque, qui ne reconnaît pas ce « roi » (et désapprouve les « lieux de perdition » que représentent les casinos), en réfère au Président français, Albert Lebrun, qui, à son tour, change d'avis. Sur l'ordre des deux coprinces, le 14 juillet 1934, la Guardia Civil, dirigée par le marquis Silva de Balboa intervient et arrête manu militari celui qui est « roi » depuis… huit jours à peine ! Immédiatement destitué par l'Évêque espagnol et le Président français, il est envoyé à Barcelone.

Boris Skossyreff aura, sans aucun doute, été l'un des plus éphémères roi d'Europe !

De Barcelone, il est ensuite transféré à Madrid avant d'être exilé au Portugal en novembre de la même année.

Tout comme son passé, la suite de son parcours est assez floue et confuse.

Véritable globe-trotter, on le retrouve sur les différents continents sans connaître précisément ses activités. Il demeure plus que jamais un insaisissable fantôme à l'itinéraire pour le moins nébuleux...

On retrouve sa trace en 1935, lorsqu'il quitte Gênes et revient en France – les autorités françaises l'y ont autorisé – retrouver son épouse légitime, Marie-Louise Parat de Gassier, près d'Aix-en-Provence. Il est néanmoins arrêté, incarcéré pendant trois mois et de nouveau extradé vers le Portugal.

En 1936, les deux époux s'installent à Lisbonne. Mais, n'ayant pas d'autorisation de résidence, il leur est impossible d'y rester.

De l'autre côté de la frontière, en Espagne, la guerre civile fait rage. Ils décident donc de repartir en France, dans les Bouches-du-Rhône. En 1937, Boris, arrêté à Saint-Cannat, est envoyé au camp d'internement de Rieucros en Ariège, où l'on retrouve sa trace. C'est dans ce camp que l'on transfère ceux qu'on nomme « les indésirables », principalement les opposants politiques, surtout s'ils ne sont pas de nationalité française. En mai 1939, il adresse au député un long courrier dans lequel il réclame sa « haute protection » dans ce qu'il nomme « le bagne de Rieucros » où les conditions sont particulièrement éprouvantes. Il y évoque ses problèmes dentaires et intestinaux qui l'obligent à se rendre en ville pour manger et pour aller à l'hôpital. Afin d'appuyer sa demande, il joint à son courrier des certificats produits par quatre médecins différents.

Le Préfet en réfère au Ministre de l'Intérieur qui lui demande de vérifier sérieusement ces informations. L'homme, on le sait, est un fieffé baratineur ! Renseignements pris auprès des médecins concernés, ceux-ci attestent que son état de santé n'est pas du tout incompatible avec son séjour au camp.

Comme les autres détenus, il est donc transféré et interné au camp militaire du Vernet d'Ariège. C'est là qu'il se trouve lorsqu'éclate la Seconde Guerre Mondiale.

Pendant ce temps, Andorre, restée neutre au milieu du conflit, sert de plaque tournante et de passage à de nombreux fugitifs et évadés, ainsi qu'à des Juifs tentant d'échapper aux persécutions des Nazis et du gouvernement de Vichy.

Grâce à un grand nombre de passeurs et d'hébergeurs andorrans, les réseaux de résistance et d'évasion français, britanniques et américains ont pu mener à bien plusieurs de leurs missions.

A cette époque, l'histoire de Boris Skossyreff redevient trouble.

Pour certains, il aurait été libéré en 1942 par les Allemands, qui lui auraient proposé de travailler pour eux en tant que traducteur sur le front russe.

Pour d'autres, ce seraient des soldats américains qui l'auraient délivré après la victoire des Alliés.

Il aurait alors rejoint sa femme à Boppard, près de Coblence, où elle s'était installée, puis aurait été de nouveau fait prisonnier par les Américains cette fois, qui, finalement, le relâchèrent, après avoir eu la preuve qu'il n'était ni Allemand, ni nazi.

En décembre 1946, pourtant, il fut encore arrêté par les autorités françaises à Berlin et emprisonné à Coblence, où il fut sérieusement maltraité par les gardiens français persuadés qu'il était un « collabo ».

Et pour finir, ce sont les autorités d'occupation russes qui l'arrêtèrent à Eisenach et le condamnèrent à 25 ans de travaux forcés dans un camp de travail en Sibérie.

Jusqu'au bout le parcours de cet aventurier reste énigmatique...

On le retrouve en 1956, à Boppard, où il aurait vécu d'une petite pension jusqu'à sa mort le 27 février 1989.

En 1965, il adresse un courrier à Francisco Fernando Lopes avec qui il est resté en relation pour lui annoncer le décès de sa femme.

On peut voir, dans le petit cimetière de la ville, une tombe portant son nom et la date (approximative en ce qui concerne sa naissance) de 1900-1989.

Roi, non pas d'un jour, mais d'une semaine, « Boris 1er » s'est éteint à plus de 1300 km d'Andorre, bien loin de son prétendu « royaume » ...

C'est donc là, sur les bords du Rhin, que se termine le périple de ce pseudo-roi, mais réel intrigant, au destin hors du commun, qui durant toute sa vie sillonna l'Europe des rivages de l'Atlantique aux montagnes de l'Oural à la recherche... sans doute... de lui-même.

Alors ? Mythomane ? Déséquilibré ? Manipulateur ? Génie ? Qui peut dire qui était vraiment Boris Skossyreff ?...

L'Ours

par Louis Chambrin

Au côté d'une troupe, une meute de grands dogues de Bordeaux grondait, leurs cous cerclés de cuir, fermement tenus par des valets inquiets. Droit sur ses étriers, un homme dans la force de l'âge, à la longue chevelure dorée et au visage fin et fier, restait serein. Ses traits solaires, marqués d'yeux couleur malachite, brillaient de cette assurance princière de celui étant d'ores-et-déjà sur la piste du triomphe. Car si la cour du Comte de Foix n'égalait celle de ses suzerains de France et d'Angleterre, l'homme était bien roi sur le sentier de la chasse.

Il esquissa un léger sourire en coin et - s'avançant à l'amble - se plaça à deux pas du malheureux à la poitrine déchirée d'une profonde griffure. Ce dernier venant de rendre l'âme, le Captal venu écouter ses dernières paroles remonta en selle, la mine sombre. Le seigneur flamboyant parla, d'une voix douce qui pourtant portait aussi loin que les traits du jour, en adéquation avec son aura divine.

- Il sera descendu du Pic de la *Portalleta* pour trouver sa pitance, assurément. D'autres informations mon cousin ?

- Les éclaireurs ont été pris au dépourvu, répondit ce dernier d'un air grave, la bête ne leur a laissé aucune chance, elle doit être affamée et prête à tout.

- À la bonne heure, s'exclama le blond Sire - un éclat diamantin saisissant ses iris. La victoire n'en sera que plus ardue. Ne larmoyons point sur ces hommes - compagnons

- le royaume des cieux est à eux et je lèverai ma coupe en leur honneur ce soir, *Abantz cabalès* ! »

Il pressa les flancs de son cheval et s'élança dans un galop frénétique.

« Suivons *Febus*, messeigneurs ! » tonna Johan de Grailly.
Il piqua des deux et entra à son tour dans la course, suivi par toute la troupe de chevaliers.
« *Febus Abantz* ! Tue ! Tue !» clamèrent-ils en cœur, les arbalètes à l'épaule et les piques brandies.

La terre se réduisait en des lambeaux de boue sous leurs sabots ferrés. Les écuyers portèrent les cornes à leur bouche, poussant le prédateur à la fuite avec des hurlements de guerre soufflés.
Les chiens, libérés de leurs longes, cavalaient sur la piste en suivant les grandes empreintes griffues, devançant aussi bien les montures que les pisteurs.
Il n'y avait qu'un cavalier pour les gagner de vitesse et laisser toute la chevaleresque compagnie en arrière.
Brillant dans sa tenue de chasse d'or et de gueule, le prince chasseur était imperturbable, telle la flèche aux yeux verts glacés, lâchée pour se ficher dans la chair.
Dans une main gantée de cuir, il serrait un long et noueux épieu de chasse au large fer. Dans l'autre, il tenait avec fermeté les rênes de son palefroi blanc, splendide coursier harnaché de cuir rouge vermillon.

Le noble équidé ressentait la force coulant dans les veines de son maître et - poussé par cette énergie - pas un instant il ne faiblit ou ne rompit la poursuite, ses yeux ovales dardant une hargne vers le bois cachant de ses ailes de feuillages, une épaisse fourrure brune.

Gaston s'obstinait dans la poursuite, tandis que derrière lui ses compagnons l'appelaient :

« Sire, la forêt devient trop dense, ralentissons avant de nous égarer! » « Sire, les veneurs embusqués ont été décimés, la bête nous échappe! ».

« Que le Malin m'emporte si je ne ramène pas la descente de ce géant comme trophée ! » cria-t-il en réponse sans même se retourner. Il s'enfonça au milieu des ombres.

Sa vue n'était plus qu'un étroit couloir de ronces, de broussailles et de branches. Le fouet de ce paysage avait brisé la douceur de ses traits. L'ombre des ramures découpait à la serpe son visage d'archange, alors que son regard transperçait le crépuscule de la forêt.

Il entendait la voix inquiète de Johan, les cris paniqués de ses gens, les chiens frustrés d'avoir perdu la piste. Seul, il persistait.

Depuis combien de temps avait-il chevauché ? Faisait-il nuit ou était-ce l'œuvre de frondaisons de chênes et de châtaigniers ? Le chasseur ne le savait et n'en avait cure. Son regard restait plongé dans la défiante obscurité.

Il ne sentait plus la cadence essoufflée de son pur-sang, ni la secousse de l'arbalète contre sa selle, ou l'épée battant contre sa cuisse. Les tapis de mousses et de feuilles s'épaississaient sous les sabots les martelant.

Au bout du sombre tunnel, un fil argenté parut doucement. La faille s'élargit et l'égaré s'extirpa enfin du bois, découvrant devant lui une vallée pâle, creusée au milieu de montagnes foisonnantes de sapins blancs, de pins et de hêtres.

Le front du seigneur, détendu pendant un temps face à cette vision bucolique, se plissa. Au bout d'une plaine vallonnée à l'herbe ponctuée de géraniums et de chardons bleus et virant vers l'Ouest, une masse noire fuyait vers un flanc de montagne, en quête d'un refuge.

Febus talonna sèchement les flancs au poil humide de son étalon, dévala une pente, longea une rivière puis remonta en direction d'une grotte par laquelle l'ursidé s'était engouffré. La cachette de la créature, une bouche de ténèbres à la roche édentée, défiait quiconque d'entrer pour affronter sa noirceur, cachant ses pièges de concrétions minérales et de nappes d'eau endormies.

Stoppant net sa course, Gaston sauta à terre et de sa selle décrocha l'arbalète du troussequin, tira quatre matras du carquois suspendu au quartier et les glissa à sa ceinture. Enfin, l'épieu bien en main, il grimpa la pente vers le repaire, petit nid d'aigle du maitre des montagnes assiégé.

S'arrêtant à une dizaine de pas de ce sinistre porche - il ficha en terre son épieu et tira la corde de son arbalète jusqu'à la noix, avant d'y placer un des quatre projectiles sur l'arbrier.

Une bise porta le gel des Pyrénées jusque dans ses mèches dorées, comme cherchant à refroidir son ardeur, en vain. Il cala l'arme contre son épaule et pressa la détente.

La corde libérée claqua violemment, tandis que le trait long d'un empan fusa jusqu'au fond de la cavité avec un sifflement, avant de laisser place à un ricochet métallique.

Un grondement résonna comme une trompe de guerre puis se répéta, s'accéléra, comme suivant la foulée d'une charge. L'arbalétrier arma et - tout sourire - décocha une nouvelle fois, laissant l'animal encaisser, dans ce couloir étroit et dégagé, le fer assommant du matras.

Troisième tir. Les sons vociférants se rapprochaient. Une large tête apparue à la lumière du jour, la gueule entrouverte, décidée à user de ses crocs sur l'agresseur.

Quatrième et dernier coup ! Le projectile frappa violemment, mais résistant au choc et fou de rage, le colosse se dressa sur ses membres postérieurs, levant une épaisse patte, toutes griffes dehors.

L'homme arracha son arme d'hast du sol et la tenant à deux mains, l'éleva à hauteur d'épaule. Après une grande inspiration, il chargea et frappa d'un coup sec le corps du carnivore, remontant ensuite la pointe jusqu'au cœur par une forte pression. Ses muscles contractés s'efforcèrent à faire pénétrer la pointe dans les solides chairs. La lame en feuille de sauge se fraya un chemin sanglant, arrêtée seulement par les croisettes. Le géant des montagnes hurla sa douleur, frappa dans le vide, empoté par la blessure fatale.

De l'écume rougeâtre dégoulina de sa gueule. Un râle retentit des pointes enneigées jusqu'aux entrailles de la terre. L'ours s'affala lourdement.

Le vent chanta une mélopée glaciale, tandis que le jour commençait sa lente déclinaison.

Poisseux de sang et de sueur, le guerrier laissa son esprit errer, comme son corps avait puisé presque toutes ses forces dans l'affrontement.

Ses yeux dérivèrent sur les rivières et les arbres étendus devant lui. Tout n'était que paix, calme et harmonie et lui seul assistait - triomphant - à ce décor prélassé. La sensation d'une présence inhabituelle vint perturber sa contemplation d'homme épuisé.

Il se tourna brusquement vers la tanière inquiétante. Une vieille femme en haillons et fourrures en sortait, tendant ses mains pour palper la dépouille aux poils souillés de sang. Une force émanait de son regard bleu fixe et glacial, de ses rides rocailleuses et de ses cheveux rappelant la terre humide de l'automne.

Face à cette apparition, Gaston se tendit. Aussi c'est d'une voix blanche qu'il parla :

- Soyez sans peur bonne mère, vous n'avez rien à craindre. Il est bel et bien occis.

- Je n'avais nullement peur », répondit-elle, nonchalante. Elle s'agenouilla près du feu roi des montagnes et caressa sa tête massive, comme cajolant un grand blessé endormi. Perplexe, le noble reprit de l'aplomb et poursuivit :

« Depuis combien de temps étiez-vous piégée de cette prison ma Dame? Elle gloussa, mais seule de la tristesse perçait dans sa voix.

- Je n'étais aucunement prisonnière, jeune Damoiseau, il n'y avait que toi pour te sentir en danger ». Piqué au vif, celui qui venait de pourfendre ce qui aurait nécessité plusieurs lances s'empourpra :

« Par Dieu vieillarde et le respect dû à ton seigneur ? La femme ricana.

- Gaston troisième du nom, comte de Foix, vicomte de *Marsâ*, Viguier d'*Andorra* et prince de *Biarn*, dis-moi, qui penses-tu être en ce monde ? Gaston crispa la mâchoire et - reprenant de sa stature - répondit avec hauteur :

- *Febus* ! Maître des chasseurs, prince des poètes ! Champion parmi les champions ! J'ai triomphé des *Anglois*, d'Armagnac et de Bercy, ai écrasé les païens de *Borussia* et les Jacques à Meaux. Le Prince Noir comme le Dauphin me craignent et me respectent, je me joue d'eux en tout instant et gagne en puissance tandis qu'ils s'épuisent dans leurs batailles. Bêtes et Hommes sont mes proies et mes sujets tandis que l'astre d'Apollon me salue de son zénith lorsque je sonne de la corne au-dessus de ces contrées ! » Il balaya de sa main l'horizon hérissé de roches enneigées, comme pour affirmer ses dires.

Le silence se fit. La dame de la grotte se leva lentement, non sans avoir apposé une dernière fois une main maternelle contre une oreille pelucheuse à jamais sourde. Le dos bien droit, les bras maigrelets levés et les poings menus serrés, sa voix d'abord chevrotante, mua et sonna comme un glas de bronze.

« Prince arrogant ! Tant de force mais aussi tant de folie dans tes paroles ! La vie comme la mort semblent n'être que de simples dés au creux de ton gant. » Des bourrasques aiguisées surgirent de derrières les sommets toisant des Pyrénées. « Écoute les mots d'*Artahe*, chevalier fol, écoute ! » Des nuages sombres se massaient autour des pics. « J'aurais pu te pardonner le meurtre d'un de mes enfants, mais l'ombre de tes lances a déjà trop sévi en ce monde. Tu auras toujours grimpé vers les sommets en marchant sur des cadavres, aussi entends ce châtiment : Il suffira d'une poignée de poussière pour te faire chuter dans ta course, seigneur soleil ! ».

Le tonnerre craqua dans les cieux. Une pluie battante noya les deux silhouettes. L'une d'elle - possédée par la rage - se précipita sur l'autre et la bouscula avant de fuir dans les bois à bride abattue, la terreur dans son regard sinople.

Quelques mois plus tard, le comte rentra à Orthez. Alors qu'il passait le pont-levis à cheval, une voix atterrée troubla sa méditation. « Monseigneur ! Votre fils a été surpris versant une poudre dans le vin qui vous était destiné. » Le seigneur solaire resta muet pendant un temps. « Une poudre ? » Articula-t-il.

- Oui monseigneur, une poudre blanche, semblable à de la poussière de cailloux. Nous avons fait lécher le vin à un chien, il a été foudroyé net.»

Le vacarme d'une pluie torrentielle vint brouiller sa raison. Il mit pied à terre.
Il dégaina lentement son épée et marcha d'un pas décidé à l'encontre de son héritier. Il n'avait pas même un regard pour les hommes qui cherchaient à le tenir, alors que brillait une rage folle - lâchée telle une flèche - dans ses yeux verts glacés.

Le sac

par Jean-Baptiste Figus

Il y a bien longtemps, un marchand venu d'Andorre-la-Vieille s'était installé dans le bourg de Vernajoul. Il ne se séparait jamais de son sac en toile de jute sur lequel était cousu l'écusson montrant, à senestre, les trois pals du comte de Foix augmentés des vaches du Béarn et, à dextre, la mitre et la crosse de l'évêque d'Urgell. Et lorsqu'on l'interrogeait sur ce qu'il contenait, il se contentait de répondre qu'il ne pourrait sortir de ce sac que ce qu'il y avait dedans.

Bien qu'il vendît plutôt des étoffes, s'étant associé avec un vieux tailleur dont les deux enfants étaient morts de maladie, il venait de se mettre en ménage avec la fille de l'apothicaire et il n'était pas rare qu'il secondât sa belle-famille. D'une grande vivacité d'esprit, le marchand savait s'adapter et apprenait vite. Et s'il était connu dans tout le bourg, il y avait quelque chose en lui de mystérieux et de secret qui faisait enfler la rumeur.

Un jour, sa propre femme, n'y tenant plus, l'interrogea sur ce sac dont il ne se séparait jamais. Mais le marchand répondit d'un ton péremptoire, en esquissant un demi-sourire : « ma bonne épouse, il ne sort du sac que ce qu'il y a dedans. » Puis il prétexta certaine occupation pour s'éloigner et ainsi mettre fin à la discussion.

Quelques temps s'écoulèrent. Un soir, le marchand et sa femme rangeaient des pots contenant diverses potions dans la boutique qui était en même temps une officine. Or, la dame fronça les sourcils et se plaignit qu'il lui manquait quelques herbes et épices pour concocter de nouveaux remèdes. Elle étalait des feuilles pour les faire sécher devant un âtre et se lamentait tant et si bien que son mari abandonna fioles et pots à onguents, plaça un bras autour de son épaule et se proposa d'aller chercher ce qui lui manquait demain, dès le petit matin, dans la bonne cité de Foix. Elle lui dressa une liste, avec quelques épices entrant dans la composition des électuaires, mêlées au sirop et au miel.

Le lendemain, le marchand cacha quelques pièces dans son haut-de-chausse, se munit d'une besace ainsi que du sac dont il ne se séparait jamais. Il embrassa son épouse qui lui tendit une infusion bien chaude, dégusta le breuvage et se mit en route sans plus tarder. Mais à peine eût-il franchi le seuil de la boutique reconnaissable à son enseigne que son épouse envoya quérir deux frères, de constitution robuste et plutôt aventureux. Son père avait rendu de grands services à leur famille et ils lui étaient redevables. La femme du marchand les appela « messires » marquant ainsi un respect exagéré qui flatta les deux hommes et leur confia une mission. S'ils voulaient s'acquitter de leur dette et gagner quelque pécule ou objets de valeur, ils devaient suivre son mari avec discrétion et, une fois que celui-ci se serait assoupi, regarder quel trésor si secret il dissimulait dans son sac. Après quoi il était impératif qu'ils revinssent le rapporter d'abord à elle sans n'en rien dire à personne. Et pour mieux les appâter, elle sortit d'un coffre deux magnifiques pièces d'un tissu précieux qu'elle tendit vers eux en leur promettant de les leur donner dès leur retour. A la vue de ces étoffes, le plus vieux des frères émit un sifflement et le plus jeune effleura le tissu de ses gros doigts. Pour être certaine que les hommes avaient bien tout compris, la femme du marchand récapitula ses instructions, et pour mieux les motiver, elle leur promit aussi quelques pièces et insista sur la gloire dont ils bénéficieraient à être les premiers à savoir ce qu'il y a avait dans ce fameux sac. Ensuite elle les exhorta à ne plus trop tarder.

Ce que les deux frères ignoraient, c'est que les étoffes avaient été offertes par le marchand à sa femme. Mais la dame apothicaire était une dissimulatrice. Elle avait épousé le marchand pour trois raisons essentielles: d'abord parce qu'il avait fait fructifier l'affaire du tailleur et s'était enrichi ; ensuite parce qu'il était rusé et doué en commerce et qu'elle espérait qu'il fît fructifier sa propre affaire et celle de son père ; enfin parce que, très curieuse, elle s'était dit qu'avec le temps, étant mariée à lui, elle trouverait un moyen de découvrir quel objet précieux contenait le sac dont il ne se séparait jamais.

Pendant ce temps le marchand sentait une étrange fatigue le gagner peu à peu. S'éloignant du chemin en bâillant, il avisa le bord d'un champ où deux arbustes aux branches emmêlées structuraient une sorte de petit abri ombragé. Il s'assit là, étendant les jambes de tout son long. Comme il se trouvait tout ensommeillé, il décrocha le sac à l'écusson et souleva les cuisses pour le dissimuler sous son corps. Il eût à peine le temps d'agir qu'un sommeil profond l'assomma.

Non loin de là, deux spectateurs attentifs observaient les faits et gestes du marchand. Le plus vieux ramassa une petite pierre puis la lança sur le vendeur endormi. Aucune réaction ne s'ensuivit. Alors les deux hommes s'approchèrent avec prudence. Le plus jeune souleva le bras du marchand puis le lâcha. Le membre retomba comme une branche morte. Les deux frères penchèrent le commerçant sur le côté et firent glisser le sac dont il ne se séparait jamais jusqu'à ce qu'ils pussent s'en emparer. L'un comme l'autre étaient très excités. Et tandis que le plus jeune en écartait les bords, le plus vieux s'était penché au-dessus pour voir. Mais très vite il fit une grimace de déception. Dans la foulée, le plus jeune poussa un juron et se plaignit de ce qu'il n'y avait rien dans le sac. Le plus vieux songea qu'ils avaient été grugés, saisit le sac et le jeta à terre, tout près du marchand. Ils commençaient à s'éloigner, piteux et penauds, quand le plus âgé des deux serra très fort le poignet du plus jeune, en lui reprochant d'avoir de mauvaises pensées à son encontre, l'accusant de vouloir s'attribuer toute la gloire. Surpris, le plus jeune protesta et cria qu'il avait mal. Mais bientôt lui-même attrapa le col de son grand frère et le menaça à son tour, lui imputant l'intention de réclamer la plus grande part de la récompense sous prétexte qu'il avait regardé le premier à l'intérieur. Très vite ils en vinrent aux mains et, comme enragés, se frappèrent l'un l'autre sans ménagement.

Lorsque le marchand s'éveilla, encore tout engourdi et les yeux embués, il découvrit le sac laissé près de ses pieds et, après l'avoir récupéré et s'être levé, il vit les deux frères gisant sur le sol, tout ensanglantés. Il comprit bien vite comment les événements s'étaient déroulés. Il soupira de tristesse, se signa et, l'esprit plein de tracasserie, poursuivit sa route jusqu'à la bonne cité de Foix.

Le soir venu, il fut de retour à la boutique d'apothicaire au-dessus de laquelle il vivait avec sa femme. Il déposa tous les articles que son épouse lui avait commandés. Puis il monta les marches du logis. Sa femme le voyant arriver alors qu'elle n'avait plus eu de nouvelles des deux frères commença par s'inquiéter. Elle n'osa pas questionner son époux, cela aurait pu la compromettre. Quant au marchand, il ne dit rien et agit comme d'accoutumé. Prétextant qu'il était las, il voulut aller se coucher. Mais avant, chose incroyable, il se délesta de son sac qu'il laissa bien en vue.

La dame apothicaire eut quelques hésitations. Son mari devait être bien éreinté pour se montrer si négligent. Elle attendit encore un peu pour être sûr qu'il dormait à poings fermés, puis elle regarda à l'intérieur du sac. Ainsi fut fait. Elle faillit hurler de rage. Il était parfaitement vide. Mais à l'instant où elle voulut rejoindre le marchand dans la couche conjugale, elle fut prise de maux de têtes et son esprit fut harcelé par une multitude de voix qu'elle reconnaissait et qui médisaient toutes d'elles. Affolée, elle se précipita vers son époux. Celui-ci, loin de dormir, l'attendait, assis sur le bord du lit. Après lui avoir adressé quelques mercuriales, il exposa : « Ma bonne épouse, ta curiosité comme ta félonie t'auront perdue ! Sache que loin de ne rien contenir, ce sac attrape toutes les mauvaises pensées. Et notre vie eût été moins paisible si ces mauvaises pensées n'y avaient point trouvé refuge pour s'y perdre à jamais. A cause de toi, deux innocents se sont entre-tués et te voilà désormais bien châtiée. Je t'ai pourtant laissé une chance mais aussitôt que tu en as eu l'occasion, tu as ouvert le sac. Tu ne pourras plus te débarrasser de toutes les mauvaises pensées qui s'acharnent contre toi et elles te rappelleront combien médire ou envier autrui est fort mauvaise chose, ma mie. A présent dors. Seul le sommeil naturel te permettra d'y échapper. »

Depuis ce jour, la femme du marchand n'osa plus affronter le regard des gens, elle restait dans l'arrière-boutique et s'occupait fort bien de son époux. Car il était le seul à ne pas l'accabler de mauvaises pensées et, de ce soulagement, elle en conçut un amour sincère. Son comportement changea également, elle devint une personne modeste et attentionnée et plus elle était honnête et bonne et plus elle se sentait soulagée. Quant au marchand, il eut droit à une statue sur décision des échevins, car depuis sa venue, le bourg prospérait et la paix régnait.

Jour de colère

par Jean-Baptiste Figus

Un homme en habit rouge fait les cent pas de la cheminée à la table, ses cheveux blancs aux reflets blonds flottant au-dessus de ses larges épaules. Les muscles saillent de ses jambes galbées, enserrées dans des hauts-de-chausses. Il serre le poing et finit par asséner un coup violent sur l'épais tablier de bois posé sur de lourds tréteaux, faisant valser quelques fruits. Une pomme roule le long de la table, qu'il saisit au passage en plantant un petit couteau dans la pulpe juteuse.

\- Félonie ! rugit-il. Tout ceci n'est que félonie !

Cet homme qui enrage, devant un valet resté coi et quiet, à quelque distance de son maître, c'est Gaston III dit Phébus, comte de Foix et vicomte de Béarn. Il a chaud en ce jour d'été 1380, mais s'il étouffe, c'est de rage. Il n'a pas décoléré depuis la veille, depuis la mort d'un de ses lévriers à qui il a fait boire le contenu de la fiole ramenée de la cour du roi de Navarre, Charles II le Mauvais, et que portait son propre et unique fils légitime, le jeune Gaston. Il ne faisait aucun doute que le poison lui était destiné. Cela avait été reconnu. Et Phébus ne croit toujours pas à l'excuse qu'avait alors avancée son fils. Qu'un damoiseau de seize ans, déjà marié, ait pu croire à un sortilège de filtre d'amour, qu'il ait pu imaginer que le breuvage eût ravivé l'amour de son père pour sa mère, Agnès de Navarre, cette femme qu'il avait chassée de sa vie en faisant fi des bonnes manières et des coutumes observées, sans ménagement, et qui était retournée chez son frère le Mauvais, cela ne pouvait être vrai ! Cela n'était pas vrai! Le jeune Gaston avait improvisé pour éviter son châtiment.

Le comte de Foix se reproche désormais d'avoir laissé son fils voir sa mère et subir son influence ainsi que celle du Mauvais. Pourtant, il fut un temps où Charles et Phébus s'entendaient bien et œuvraient en bonne intelligence. Mais ce temps est révolu depuis l'humiliation de la répudiation. Et que penser de ce fils, toujours prompt à se plaindre de la rudesse de son père ? Il n'avait pas hésité à le faire enfermer dans le cul de basse fosse, sous le donjon attenant, par la face ouest, au logis seigneurial de son redoutable château Moncade à Orthez.

Un peu apaisé par la pensée de le tenir enfermé, Gaston Phébus se rassoit. Il entreprend de peler son fruit et d'en découper des quartiers qu'il met dans sa bouche carnassière où la saveur du vin et de la volaille giboyeuse ne s'est pas encore estompée. Puis il se cure les ongles avec la pointe du coutelet. Mais c'est alors qu'un homme d'armes est annoncé par son valet. Ce soldat qui réside d'ordinaire dans la salle des gardes du premier étage du donjon se relaie avec un de ses congénères pour garder le jeune Gaston.
- Qu'y a-t-il ? aboie Phébus en dardant son regard sur son homme comme s'il s'agit d'un trait d'arbalète.
Le garde explique que le jeune Gaston refuse toujours de s'alimenter et qu'il vient de repousser sa nourriture avec dédain. Le visage de Phébus s'empourpre. Il lève les yeux sur son blason au-dessous duquel est écrit sa terrible devise

Toquey si gause (Touches-y si tu oses). Comment le rejeton de sa race ose-t-il refuser les mets que lui offre son père ? Comment pourrait-il souffrir un tel affront ? En un tout autre contexte, Phébus aurait été fier de l'arrogance de son fils, lui qui se montra si orgueilleux et sourcilleux lorsqu'il s'est agi de rendre hommage aux rois de France et d'Angleterre, à l'image des ducs de Bretagne. Mais lorsque cette arrogance est à présent tournée contre lui, il la reçoit comme une ultime offense. Il se redresse, abandonne le trognon de sa pomme qu'il jette aux pieds du valet en un geste colérique, grogne comme un taureau et s'exclame :

- A la parfin, je me fais fort de faire obéir ce damelot ! Il ne sera pas dit que j'affame l'infâme ! Place ! Je descends. Apportez la bonne pitance. Il fera francherepue.

Précédé de son homme d'armes et suivi du valet, Gaston Phébus emprunte le passage couvert d'une galerie menant du logis au donjon. Il descend avec vélocité les marches d'un escalier rampant longeant le bâtiment et déjà les murs épais de la tour heptagonale résonnent de sa voix. Il râle, menace, jure et plus il s'approche de son fils, plus il enrage. Il passe le corps des gardes et s'engouffre dans la fraîcheur du rez-de-chaussée, éclairé par de larges et hautes fenêtres rappelant de grandes archères percées dans les courtines. A présent son pas est lourd, pesant sur les degrés de bois qui conduisent au cul de basse-fosse. Il passe devant la salle où s'entasse son trésor personnel et notamment une caisse de florins, s'arc-boute pour franchir le seuil où est tenu prisonnier son fils et, majestueux quinquagénaire, serrant le poing gauche et la main droite

71

tenant le coutelet avec lequel il s'était, quelques minutes auparavant, curé les ongles, il fait face au damoiseau.

Tout d'abord, aucun mot ne franchit le pont-levis de sa bouche, tant la vision du jeune Gaston, regimbant tel un mauvais roncin, l'exaspère. La vue de la nourriture tenue à distance et l'attitude obstinée de son fils augmentent son courroux. Il s'approche du jeune homme, l'empoigne par la nuque et menace de lui trancher la gorge s'il ne mange pas. Comme l'autre n'ose ouvrir le bec que pour émettre quelques gémissements plaintifs, Gaston Phébus resserre son étreinte.

- Ah ! Félon ! Tu ne vas pas te laisser mourir comme ça ! Je vais t'enfoncer au fond du gargamel la pitance que tu feras passer par bonne vinasse gouleyante !

Tous les gens présents se sont accoisés et observent la scène, soucieux. Gaston Phébus appuie la lame sur la gorge de son fils et l'on craint qu'il lui baille un coup fatal. Mais il n'en est rien. Le père se contente de piquer la chair tendre du damoiseau pour en faire couler un filet de sang. Il ne cesse de protester que son fils ne sera pas occis par malefaim.

Puis, laissant là son rejeton, il quitte précipitamment les basses-fausses, le front couvert de sueur.

Quelque temps plus tard, on vient lui annoncer que le jeune Gaston ne s'est pas relevé et, ayant perdu beaucoup de sang, a succombé à sa blessure. Gaston Phébus blêmit. D'une voix lasse, il ordonne de remonter le corps en son logis avant de le confier aux clercs. Devant la dépouille inerte de son fils, Phébus pleure en joignant les mains.

Certes l'accident a été le fruit de son tempérament emporté mais au moins lui fera-t-on concession de ce qu'il voulût empêcher que son fils ne succombe par son refus de ripailler. Or, le sort en a décidé autrement...

Le secrétaire particulier de Gaston Phébus, le sieur Bernard de Luntz a interrompu son registre de notaire général de Béarn le jour du 16 juillet 1380 pour ne le reprendre que le 17 août. Le comte de Foix a abandonné sa résidence d'Orthez pour un autre château. Il s'adonne à l'écriture avec une profonde application. Il y confesse sa faute, regrettant sincèrement de s'être emporté. Mais il songe aussi au plaisir qu'il prit, dans sa grande furie, à trancher la gorge de ce fils félon qui voulait même lui ôter la décision de la manière dont il devait le châtier.

Tours du château de Foix (photo Robert Laborie)

Ce jour, dès l'aube…

par Brigitte Libérale

…Quelle peur !!! C'en est trop pour Maguy qui sent les larmes lui piquer les yeux. A intervalles réguliers et de plus en plus rapprochés, elle continue à hurler le nom de l'animal. Rien sinon l'écho de son cri au royaume des ombres !...

Aussi souvent qu'elle le peut, Maguy - jeune femme qui vit depuis toujours à Paris - vient ici, en Languedoc. Ses grands-parents y résident et, comme elle le déclare à qui veut l'entendre, elle a, depuis longtemps, cédé au charme de la région et, plus particulièrement, à celui de l'arrière-pays, éloigné du littoral méditerranéen, que l'on dit déshérité alors qu'elle le sait d'une exceptionnelle richesse.

Cette fois-ci, c'est à l'occasion du pont de l'Ascension. Un avant-goût des vacances estivales puisque cela tombe début juin cette année.

Ce premier jour, dès l'aube, *à l'heure où blanchit la campagne* -pour reprendre le célèbre vers de Victor Hugo-, la jeune femme est déjà en route avec Rafale, le setter irlandais de la maison, compagnon fidèle de ses promenades qu'elle affectionne tant.

Ils sont au pied du Pech, petit mont surplombant le village. Le paysage se découpe sur un ciel bleuté. Un chemin sinueux, petit ruban de calcaire blanc, y grimpe.

De part et d'autre, le sol recouvert d'un épais maquis, presque toujours agité par la Tramontane - puissant vent du nord de la région - libère mille senteurs enivrantes. Maguy passe à côté de pins parasols aux ramures parsemées de résine, d'un figuier rabougri et de quelques petits bosquets de chênes verts mais aussi, près de genêts, de rustres fourrés de fenouil et de ciste, de buissons de thym, romarin et lavande farouche, de touffes de folle avoine, de tapis de délicats chardons bleus, de bourrache commune, de fringants iris ou de trèfle velu. Un authentique tableau bucolique certes encore laiteux mais qu'elle connaît bien et qui la plonge dans une admiration rêveuse.

Dans la fraîcheur du petit matin, elle parvient rapidement au sommet et découvre le panorama sous le jour encore pâle.

L'aube paraissait à peine, tout était encore baigné du sombre de la nuit, cite-t-elle conquise à l'instar de Victor Hugo qui a magnifié ce passage de la nuit au jour. Et, dans un souffle :

«- Sublime !... »

Mais les tours et détours de Rafale, épris de liberté et de grands espaces, le mènent de plus en plus loin sans qu'elle n'y prenne garde. Et soudain, elle réalise que cela fait un moment qu'elle ne l'a pas vu. Elle l'appelle, explore les environs. A maintes reprises. Rien !...

Maguy s'impatiente. Il ne faudrait pas que le chien se soit faufilé dans l'un des rares pigeonniers vétustes du pays - ces témoins d'une époque ancienne où les communications s'effectuaient autrement que par téléphone et courrier électronique - en chasse de quelques volatiles qui y nichent et qu'il s'en trouve prisonnier ou pire qu'il soit tombé dans quelque puits à l'abandon.

La jeune fille marche une centaine de mètres et s'assied dépitée sur un muret en pierres sèches, reste d'un temps où de petites parcelles de vigne s'empilaient comme de larges marches d'escaliers géants à flanc du moindre coteau et qui, désormais, ne sont que friches.

Rafale a bel et bien disparu.

Elle refuse de s'affoler et se met à le chercher. Elle décide alors de redescendre du Pech par un sentier opposé à celui du début de son parcours. De nombreux ronciers ont envahi le passage.

Deux promeneurs matinaux, qu'elle croise et questionne, n'ont pas vu Rafale. Vers où s'orienter ?

A un carrefour de sentiers, Maguy bifurque vers une campagne appelée Montfort. Dans le Midi, une campagne est une exploitation vinicole comprenant la demeure familiale, des logements pour les ouvriers, des hangars pour le matériel agricole et, bien évidemment, le "centre névralgique", la cave pour le vin. Avec autour, un vignoble de plusieurs hectares. Le domaine est généralement situé loin de la localité dont il dépend et jadis, vivait en quasi autarcie. Aujourd'hui, les campagnes qui ont survécu à l'évolution de la société, sont de belles propriétés qui misent sur le tourisme à grands renforts de publicité et d'animations attrayantes, avec au cœur, la production d'un vin - au prix d'un travail acharné -, de qualité, reconnu et apprécié des experts et amateurs du monde entier.

Maguy est perdue... Son cœur se serre d'angoisse. Rafale sera-t-il retourné seul à la maison ?... Mais alors, son papi et sa mamie vont être fous d'inquiétude. Faut-il continuer ?... Rentrer ?...

Quelques minutes plus tard, un viticulteur arpente un lopin de terre et examine des souches extraordinairement noueuses.

« - Pardon monsieur, je suis à la recherche de mon chien... Un setter roux... Ne l'auriez-vous pas aperçu par hasard? »

Comme les randonneurs de tout à l'heure, il ne la renseigne pas davantage mais lui indique une ravine où l'on trouve des trous d'eau croupie prisés par cette race de chiens. Elle opine de la tête. Pourquoi pas ?!...

Tout va très vite. Bien loin d'admirer les prémices du jour nouveau sur le point de s'éclairer, elle se concentre sur la pente qui la conduit en contre-bas, dans le lit presque tari d'un petit ru encaissé à la pénombre perfide. Une vie invisible y grouille. Des mouches agressives collent à la peau. Des moustiques sournois piquent. Et effectivement, plusieurs flaques corrompues laissent échapper des émanations nauséabondes. Toujours rien ! Avec un frisson de répugnance, Maguy pense aux serpents, nombreux dans la région, couleuvres impressionnantes mais inoffensives, vipères beaucoup plus dangereuses à cause de leur venin. Un léger frémissement sur sa droite et... un lézard vert fluorescent d'une cinquantaine de centimètres la fixe, immobile sur un rocher. Epouvantée, la jeune fille remonte comme une flèche en haut du tertre. Un grondement sourd la poursuit. Un sanglier ?!... Ils sont légion dans la contrée.

...Quelle peur !... C'en est trop pour Maguy qui sent les larmes lui piquer les yeux. A intervalles réguliers et de plus en plus rapprochés, elle continue à hurler le nom de l'animal. Rien sinon l'écho de son cri au royaume des ombres !...

En ce point du jour, près d'un bouquet de roseaux, un geai s'envole vers l'horizon. Plus loin, une compagnie de perdreaux traverse à la queue leu leu un champ en jachère. Des pies jacassent sur un amandier. A quelques pas de là, un écureuil, sur les branches fatiguées d'une yeuse séculaire, caracole joyeux et, tout à coup apeuré, prend la fuite. En quelques minutes, la matinée encore un peu crayeuse, éveille le monde champêtre.

Mais la jeune femme, trop soucieuse pour vivre la magie du moment, ne reconnaît plus rien... Est-elle bien en direction de Monfort ?

Elle ne sait plus car, à la sortie d'un virage à angle droit, surgit, adossée à une paroi rocheuse, une mystérieuse masure à la toiture en partie effondrée. La bâtisse, geôle involontaire, loge un hôte inattendu, peut-être un arbousier. Les murs décrépits soutiennent une charpente gangrénée. D'immenses fils d'argent habillent les poutres de gazes diaphanes et une lumière poussiéreuse s'infiltre par des brèches béantes. Une couche de terre poudreuse recouvre le sol de la maison désertée. Ici, le silence et l'oubli règnent en maîtres. Les ferrures, fixées à un pan de mur, indiquent que des êtres humains et leurs bestiaux ont vécu là autrefois. Une famille entassée ici, travailleurs saisonniers venus de la Montagne Noire, émigrés espagnols, portugais, italiens ?.... De pauvres gens à coup sûr et qui travaillaient dur pour subsister ou un ermite avec quelques compagnons de solitude, une mule, une chèvre, un chien... Impressionnée, la jeune fille reste sur le seuil.

Au-delà d'une vive émotion, elle continue ses appels, de plus en plus paniquée :
-« Rafale… Rafale !... »

Dans ces instants fugaces - une éternité pour Maguy -, où s'efface la nuit, où le jour et sa clarté prennent le relais, la jeune femme perçoit des criailleries confuses.

Ce concert de bêlements et de jappements la conduit vers des moutons et leur berger, avec sur fond de champ, une capitelle en pierre, abri pastoral typique de la région.

Elle se hâte vers eux. Vêtu d'une chemise à carreaux et d'un pantalon de velours côtelé dans un camaïeu de bruns fondus dans le paysage, la tête recouverte d'un chapeau de paille et appuyé sur un solide bâton, l'homme la considère d'un air nonchalant. Puis, avec l'accent chantant du Midi de la France :

« - Il est à vous le chien ?... »

Ouf ! Rafale est avec eux !!!

« - Il nous a rejoints pour Fine ma chienne. Vous devriez mieux le surveiller.

- Oh ! Oui, je sais !... Il m'a échappé. Désolée !... J'ai eu si peur ! Rafale ?... Viens le chien ! Merci ! Ciao, monsieur le berger ! »

Sourire confus aux lèvres, Maguy bredouille ces paroles, reconnaissante et terriblement soulagée.

L'homme la salue d'un bref signe de tête, émet quelques sons gutturaux et les bêtes, poussées par les deux Bergers des Pyrénées - le compagnon de Fine content de se débarrasser de son potentiel rival et Fine tout à son travail - se précipitent d'un seul élan dans une large trouée de végétation.

Rafale laisse filer sa dulcinée sans regret. Sa belle ardeur de séducteur semble l'avoir quitté.

« -Tu vois où te mènent tes escapades ? » s'exclame-t-elle. J'ai eu la trouille de ma vie ! Cabot va ! » ajoute-t-elle lui donnant une petite tape affectueuse.

Maguy ne se doute pas que l'aventure est loin d'être terminée.

Sur le retour, elle retrouve la maisonnette abandonnée. Des roses, ocres et verts, encore un peu ternes, viennent parfaire les tons bleutés de l'aube initiale et la rendent moins effrayante. Dans son prolongement, taillée dans la paroi rocheuse à laquelle elle est appuyée, se trouve une assise de pierre faisant office de banc. Alentour, le lierre a moquetté le sol.

« - Courte balade mais belle angoisse ! Il est temps de nous remettre de notre petite aventure. Pas vrai, Rafale ? »

Maguy se pose - peu confortable le siège ! - et sort, d'un petit sac à dos qu'elle emporte toujours lors de ses sorties, biscuits et gourde d'eau. Rafale, haletant et affamé, quémande sa pitance. Et aussitôt, détale à nouveau !…

« - Oh ! non !... Rafaaale !... »

Elle se lève précipitamment. Et… bute sur une aspérité cachée par la trame serrée du tapis de verdure. Intriguée, elle dégage la plante envahissante en espérant que Rafale ne sera pas retourné vers le troupeau.

« - Du fer !... » dit-elle surprise en considérant l'obstacle. Elle s'abîme les ongles sur la terre dure et tassée et finit par en extraire une boite rouillée. Fermée à clé, le couvercle résiste. Malgré tout, la serrure, fragilisée par la lèpre de l'oxydation, cède grâce à une des épingles à cheveux de la jeune fille.

Le chien a ressurgi de nulle part. Maguy, accaparée par sa découverte, lui met sa laisse afin qu'il cesse de s'éloigner. Puis, ouvre enfin ce qui est, à première vue, un petit coffret, regarde à l'intérieur et reste médusée...

Dominant le décor, adossé à un olivier à la chevelure argentée, en bordure du pré où paissent ses moutons, le berger impassible a vu la scène et regarde la demoiselle, flanquée de son setter, se hâter vers le village.

L'heure est maintenant aux éclats du soleil qui saluent un lever du jour à couper le souffle comme l'aube le laissait augurer déjà dans sa beauté opaline.

La prophétie du vieux chêne

par Martine Férachou

Deux cannes de serin lui servent de jambes et flottent dans sa culotte courte... Petit-Pierre file plus vite que le vent par les chemins tortueux de la forêt immense... Sa silhouette gracile, précédée d'une ombre discrète, est reconnue de tous, et tous s'emploient à faciliter la course folle du petit bonhomme. Le vent, chef d'orchestre de ce grand remue-ménage, répète invariablement ses ordres aux oreilles de chaque essence qui borde le sentier :

- Place, place, vous autres, Petit-Pierre va accomplir la prophétie ! Place, vous dis-je ! Bougez-vous ! Le grand jour est arrivé ! Et que chacun oublie les rigueurs de l'hiver ! Revêtez vos habits d'apparat. Vous autres, les genêts, dressez donc vos écus d'or en haies d'honneur pour notre prince. Vous autres, les fougères, enroulez vos crosses afin de ne pas agacer ses mollets. Vous, les ronces, et vous les aubépines, rentrez vos griffes et semez, sous ses pas, vos pétales de fleurs. Vous, les érables, étirez vos bras et offrez-lui une ombre généreuse... Hep, là-bas, Messieurs les résineux, un peu de tenue tout de même, cessez de semer au hasard vos aiguilles pointues. Aiguisez-les, plutôt, en forme de flèche, afin qu'elles montrent à Petit-Pierre la bonne route vers son destin...

L'enfant court... Sans s'arrêter jamais ! Déjà il n'aperçoit plus la masse imposante du château de Saint-Chartier, quand il jette un œil par-dessus son épaule, au risque de trébucher sur quelque souche ou d'être cinglé par quelque branche basse. Heureusement, aucun poursuivant à ses trousses ! Pas même le château. Oh, je vous vois sourire... Je sais ce que vous pensez... Un château, rien que ça, qui prendrait ses jambes... non, pardon... ses fondations... à son cou... et qui pourchasserait un enfant... Et bien, ne riez pas ! La chose est déjà arrivée par chez nous, que les châteaux se déplacent ! L'ancien du village me l'a bien des fois raconté... Mais, revenons-en à Petit-Pierre...

Le souffle court, le garçonnet met toute son énergie et toute sa volonté à poursuivre sa folle équipée. Aucune hésitation ne le freine aux différentes croisées des chemins. Connaîtrait-il par cœur son itinéraire ? Etrange qu'un enfant si jeune, élevé au château et n'en sortant jamais, depuis sa plus tendre enfance, se dirige de la sorte dans la forêt profonde ! Approchons-nous ! Regardons-y de plus près ! Mais, oui, bien sûr, Petit-Pierre ne voyage pas seul ! Une ombre discrète précède chacun de ses pas, une silhouette sombre qui danse et grimace sur l'herbe verte ou les cailloux blancs du sentier ; une ombre qui bat la terre de ses ailes noires... Un oiseau, à n'en pas douter ! Levons les yeux un instant ! Le voilà donc, le secret de Petit-Pierre : un choucas des tours pour guide dans cette incroyable expédition ! Courons, nous aussi, pour en savoir plus ! Suivons notre intrépide héros grand comme trois pommes. C'est qu'il n'a guère de temps devant lui :

« Avant que ne sonnent les douze coups de midi
Du jour entre tous béni
L'enfant au cœur pur se sera assis
Sur la branche malade du chêne contrit
Il aura enlacé avec amour le bois vieilli
Et ainsi réalisé la prophétie ! »

Avant midi...

Il a quitté le château à 7 heures du matin, sans s'acquitter, bien sûr, des nombreuses corvées qu'Apolline lui impose chaque jour. Il paiera cher, sans doute, cette désobéissance, cette escapade interdite. C'est qu'elle ne rigole pas la gouvernante, plus dure et plus exigeante que la comtesse elle-même ! Mais le jeune garçon ne lui en veut pas. Il sait bien que sous ses airs bourrus, elle cache un cœur d'or, que sans elle, il n'aurait pas grandi au château, qu'il aurait été conduit à l'orphelinat... Car c'est une fille mère qui l'a mis au monde, autant dire une mauvaise fille... Et qui a eu l'idée désastreuse de mourir en couches ! Apolline a su convaincre la comtesse : l'enfant ne coûterait pas grand-chose si on le gardait. La jeune cuisinière, Julie, avait déjà un nourrisson... et du lait pour deux ! Plus tard, le garçonnet rendrait multiples services... Le château, immense, se montrait gourmand de bras vigoureux et énergiques ! De la main d'œuvre gratuite, dame, ça ne se refusait pas ! La comtesse avait donc laissé faire ! Apolline avait élevé Petit-Pierre comme son propre fils. Elle lui avait appris à courber le dos, à obéir aux ordres, à être transparent. Elle avait fait de lui un enfant obéissant qui deviendrait un serviteur parfait, taiseux et docile... Qui deviendrait...personne ! Mais, heureusement...

Cet automne 1882, glacial et humide, avait fait craindre aux Cartériens un hiver particulièrement rude. Les petits ramoneurs savoyards n'arriveraient que très tard dans la région. La comtesse s'était inquiétée des risques encourus par le château si des feux étaient allumés dans les cheminées sales. La gouvernante avait donc demandé à son fils adoptif de «racler» les conduits des pièces principales, afin de les débarrasser, tant bien que mal, de la suie qui les encrassait. L'homme à tout faire du domaine avait fabriqué, avec les moyens du bord, un semblant de « hérisson » : deux longues tiges d'acier raccordées ensemble et coiffées d'un chignon de ferraille. Petit-Pierre ne connaissait du métier de ramoneur que l'observation qu'il avait faite, l'année précédente, des petits savoyards en plein travail ! En outre, Apolline lui avait interdit la moindre escalade à l'intérieur de la cheminée. L'enfant s'était donc contenté de se poster au centre de l'âtre, tenant son outil de fortune à bout de bras grattant les parois de toutes ses forces ! Tant et tant de noirceur tombait sur sa tête, dans ses oreilles, dans ses narines, dans ses yeux même ! Tant et tant ses yeux pleuraient, ses narines éternuaient, ses oreilles sifflaient, sa tête bourdonnait !

- Trente-six cheminées, au château de Saint-Chartier, l'orphelin doit nettoyer…
- Trente-cinq cheminées, au château de Saint-Chartier, l'orphelin doit nettoyer…
- Trente-quatre cheminées, au château de Saint-Chartier, l'orphelin doit nettoyer…

Petit-Pierre chantonnait pour se donner du courage quand, patatras ! Au milieu de la suie, de brindilles et de branchages, un oiseau tomba !

Le garçonnet s'était empressé auprès du volatile inerte, le prenant délicatement entre ses mains souillées. Il lui avait massé doucement le poitrail du bout de l'index, et l'avait supplié de revenir à la vie.

- Allez, courage, réveille-toi ! Dis donc, toi, tu es noir à faire peur !

Quelle ne fut pas la surprise de l'enfant d'entendre une voix éraillée lui répondre :

- Tu ne t'es pas regardé ! Mais, d'origine, je ne suis pas si noir ! Ma nuque et les côtés de ma tête sont gris ! Ma noirceur est due à ma dégringolade dans la cheminée !
- Tu... Tu... parles !
- Seulement aux cœurs purs... Et, crois-moi, en ce moment, c'est dur d'en trouver ! Dis, tu pourrais desserrer tes doigts un peu ? Tu m'étouffes !

L'oiseau, disant cela, avait ouvert sur le garçonnet deux yeux malicieux aux iris blancs comme neige. Petit-Pierre avait alors libéré son nouvel ami qui s'était perché tranquillement sur son épaule.

- Tu m'as sauvé la vie, Petit-Pierre, et en plus, tu peux m'entendre... C'est donc que tu es *l'élu* !

L'enfant, tétanisé, n'avait pas répondu.

- Je vais tout t'expliquer... D'abord, je me présente : « Chochotte », choucas des tours, pour te servir. Jusqu'à ce que tu joues au petit ramoneur, je faisais les cent pattes sur le rebord de la cheminée, tout affolé que le hérisson que tu manies avec vaillance m'a tellement effrayé que j'ai perdu l'équilibre...

- Mais, l'avait interrompu Petit-Pierre, tu es seul ? Apolline m'avait dit que les choucas vivent en bandes...

- Elle a raison. J'ai dû quitter le reste de ma famille pour accomplir une bonne cause. Les miens (et surtout ma bien-aimée) attendent mon retour avec impatience. Ils habitent tous le chêne des maîtres sonneurs, à quelques encablures, dans la forêt.

- Je ne connais pas ce chêne, avait rétorqué l'enfant ; je ne comprends rien à ce que tu fais là, et je dois être bien malade pour discuter ainsi avec un oiseau !

- Tu n'es pas malade, mon ami, tu es *l'élu*, celui qui doit accomplir la prophétie ! Comme je suis Chochotte, le choucas le plus brave de sa colonie et qui a été missionné pour te trouver. Mais cesse de m'interrompre... Nous perdons beaucoup de temps... Apolline ou la comtesse pourrait arriver... Voilà toute l'histoire. Ce chêne, tu comprends, renferme les âmes des plus grands cornemuseux de la région. Toute la journée, toute la nuit des sons suaves ou cristallins, ronds et doux voire moelleux dans les graves, de la franchise, de la pureté, de l'harmonie... Que de la perfection, je te dis ! Alors, nous autres, les choucas, nous n'arrivons plus à quitter cet endroit féérique... Nous sommes ensorcelés ! Tu te rends compte, des choucas *des tours*, assignés à résidence dans un chêne, fut-il mélodieux ! Mais voici deux mois, le chêne en personne qui me tend deux de ses glands et qui m'interpelle :

- *« Chochotte, trop de monde m'habite, je suis vieux, usé, fatigué...Ma tête elle-même se trouve mutilée, mon torse présente des nœuds et des trous, ma grosse branche basse me fait souffrir mille maux. Elle n'est plus que pourriture et risque de gangrener mon tronc et le reste de mon squelette... Bouche tes oreilles avec ces glands, ainsi la musique ne te retiendra plus... et pars. Pars à travers la forêt, trouve celui qui saura m'amputer de ce membre meurtri, car :*

Avant que ne sonnent les douze coups de midi
Au jour entre tous béni
L'enfant au cœur pur se sera assis
Sur la branche malade du chêne contrit
Il aura enlacé avec amour le bois vieilli
Et ainsi réalisé la prophétie ! »

- Qu'est-ce que c'est, j'ai demandé, la prophétie ?

Le chêne m'a répondu :
- *« Quand ma branche malade touchera le sol, elle se transformera en une cornemuse à la sonorité parfaite et, l'élu, qui aura réussi ce miracle, deviendra le plus grand des cornemuseux. Il repartira au château de Saint-Chartier, entraînant sur ses talons tous les choucas de ta famille qui s'établiront, avec toi, dans la Tour des Anglais. Il deviendra maître de musique, le plus grand des artistes ! Et moi, je serai SAUF ! Je resterai, à tout jamais, le roi de cette forêt, le chêne des maîtres sonneurs ! »*

Voilà ce que Chochotte a raconté à Petit-Pierre.

Voilà ce que Petit-Pierre est parti accomplir ce matin, dès l'aube.

Voilà pourquoi un choucas et un enfant vole et court par les chemins, en ce moment même, vers un grand chêne vieux et fourbu. Seront-ils à l'heure ? Ecoutons les cloches de Saint-Chartier... Un, puis deux, puis trois coups : « vite Chochotte, vite ! ». Plus que cinquante mètres ! Entendez cette douce mélopée ! Au bout du chemin, un vieil arbre démesuré étire, comme il le peut, sa branche la plus basse, la plus vermoulue... Quatre, cinq, six coups : « Cours, Petit-Pierre, cours ! ». Sept, huit, neuf... L'enfant s'élance sur la grosse branche, l'enfourche comme un canasson, l'entoure de ses petits bras protecteurs... Dix, onze, douze : un grand fracas se fait entendre qui couvre la musique des maîtres sonneurs.

La branche tombe, mais c'est une cornemuse d'exception qui git sur le sol. La prophétie du grand chêne est en voie de se réaliser !

Les Six Compagnons en Andorre

par Anthony Boulanger

Il est des évènements de la vie quotidienne qui paraissent si extraordinaires que nous avons souvent une pensée en tête : si je le racontais en l'état, personne ne me croirait.

Il est certaines coïncidences qui sont si énormes que, lorsque nous les adaptons en films ou en histoires, personne ne peut y prêter foi. C'est trop gros, entend-on, tiré par les cheveux, complètement risible. Alors nous nous censurons, nous minimisons les faits, baissons les chiffres, omettons des éléments qui sont pourtant bel et bien arrivés, de façon à ce que l'histoire conserve un intérêt à être racontée malgré tout, mais que ces notions hors normes soient gommées.

A présent que vous avez cela en tête, laissez-moi vous raconter une histoire courte, qui concerne un certain Marc, alors qu'il se rendait à Puymorens. Marc Almugàver avait un coutelas fétiche, qu'il tenait de son père, qui le tenait de son père avant lui. On ne sait pas si cela remontait plus loin, son ancêtre ayant perdu les esprits à force de rester au soleil.

Au-delà de la lame à affûter, Marc devait faire réemmancher le couteau. Il hésitait à en changer le bois, poli au fil des générations par ses augustes aïeuls, et avait décidé de remettre la décision une fois à destination. Il aurait pu demander à l'artisan de son petit village, perdu entre deux pics des Pyrénées, mais il ne l'appréciait pas depuis une cicatrice qu'il lui avait laissé sur la joue, dans son adolescence, et son travail n'était pas aussi renommé que cet artisan de Puymorens dont le nom lui échappait pour le moment. Quoi qu'il en fût, Marc se mit en route avec cinq autres villageois qui avaient à faire là-bas, pour raisons familiales ou commerciales. L'un d'entre s'appelait Aymerillot et avait comme destinée de s'illustrer à Narbonne, mais ceci n'est pas son histoire et un autre l'a racontée plus efficacement.

Chacun allait armé, car en ces temps les routes n'étaient pas des plus sûres, mais chacun allait guilleret et profitant de la clémence de la journée pour avancer d'un bon pas. La route jusqu'à Puymorens était largement praticable en connaissant les bons passages, et, en utilisant les quelques raccourcis que leur autorisaient leurs habitudes de la montagne et leur endurance, ils espéraient atteindre le village en à peine deux jours et une nuit. Ainsi arriva la fin de la première journée, et Marc et ses compagnons jetèrent leur dévolu pour une nuit à la fraîche sur une petite plateforme, abritée du vent, à quelques mètres d'escalade. Celle-ci surplombait la route et donnait un aperçu grandiose sur les Pyrénées. Si quelqu'un devait passer dans les environs, avec de bonnes ou mauvaises intentions, un guetteur ne pouvait le manquer. Avec son autorité naturelle que lui conférait sa stature d'ours et sa voix basse, Marc instaura un tour de garde. Il prit le premier, qui couvrait le crépuscule, ne signala rien, son remplaçant non plus, mais Aymerillot, au plus noir de la nuit, réveilla le reste du groupe. Au loin, de part et d'autres des montagnes, se dessinaient des figures enflammées.

Elles ne représentaient rien, ne bougeaient pas, jusqu'à ce que Marc comprenne qu'ils contemplaient là des feux de camps. Deux armées vraisemblablement, en attente du lendemain ou du jour suivant pour s'affronter entre l'Espagne et l'Empire Franc.

— Qu'allons-nous faire ? demanda un des compagnons.

La question énerva Marc, d'un naturel pourtant si calme. Il serra la garde du coutelas à sa ceinture. Si les armées allaient à la bataille, il pouvait dire adieu à la réparation de sa lame, les artisans allaient fuir ou être emmenés par le vainqueur.

— Nous allons dormir, rétorqua-t-il. La nuit porte conseil, paraît-il.

Le lendemain, Marc ne savait pas dire si l'adage s'était vérifié. Tandis que son groupe amorçait la descente vers la ville, il voyait les deux larges nuages de poussière que soulevaient les régiments en marche. Ils étaient trop loin pour distinguer couleurs ou blasons, mais aucune force en Europe ne pouvait lever de telles armées si ce n'étaient les Sarrasins d'Espagne et Charlemagne de l'autre côté des montagnes. Et ce petit monde prenait résolument la direction du Puymorens…

Dans le groupe, personne n'osait dire un mot. Les hommes n'étaient pas résignés, mais dans une certaine expectative teintée d'inquiétude face à ces masses de métal et de chair en mouvement et vers lesquelles ils convergeaient résolument. L'un des voisins de Marc tenta bien d'établir le dialogue avec leur meneur auto-désigné, mais recula devant la figure sévère que ce dernier affichait.

— Je… je crois bien que nous partons nous aussi à la bataille, murmura-t-il aux quatre autres compagnons.

Avec le calme des montagnards de cette région, ceux-ci haussèrent les épaules

Le groupe aurait pu atteindre Puymorens avant la tombée de la nuit, mais Marc Almugàver se détourna de leur objectif quelques kilomètres avant leur arrivée. Ils allaient vite, bien plus que des armées de plusieurs milliers de combattants, et le villageois voulait profiter de cet avantage. Il se sentait pris d'une certaine frénésie, d'un besoin d'action. Non pas de sang, il n'était pas un meurtrier, il n'était pas un soldat de profession, mais de reconnaissance et de… tranquillité. Voilà, voilà le sentiment qui lui donnait envie de mettre ces envahisseurs hors de ces montagnes : qu'on leur lâche les basques.

— Messieurs, dit soudain Marc. Nous allons donner à ces braves gens un aperçu du tamarro… Nous allons agir vite, fort, et nous allons marquer leurs esprits sur plusieurs générations.

Marc réunit ses compères autour de lui et leur exposa son plan dont de très rares bribes nous sont parvenues. Quand le Pyrénéen évoqua le tamarro, il expliqua qu'il voulait instiller la peur dans les esprits de ces envahisseurs. Une peur primitive, instinctive, irrationnelle. Après tout, le tamarro était insaisissable, invisible, terrible et terriblement farceur. Si on envoyait souvent de jeunes gens naïfs le chasser, tout comme on envoyait les mêmes jeunes pourchasser le rülbi en Suisse, le bitard en Picardie ou le dahu dans les Alpes, on pouvait envoyer des étrangers encore plus naïfs courir après dans ce coin de terre. Ou fuir devant lui. Et en profiter pour leur donner un arrière-goût de la façon de penser locale.

Les six hommes attendirent donc les prémices de la nuit pour se mettre en mouvement et, à la nuit noire, ils se promenaient impunément en plein milieu du campement sarrasin. Vivre dans les montagnes leur avait procuré cet avantage qu'ils savaient avancer sans faire de bruit, en se plaçant correctement pour ne pas se faire repérer par les bêtes, chiens ou chevaux, et qu'ils n'avaient besoin que de la lumière de la lune pour y voir. Ils avaient également en leur faveur cette assurance de l'armée sarrasine que personne ne pouvait venir jusqu'au sein de leur campement, tant leur réputation de vaillance et de férocité décourageait leurs adversaires. Ils commencèrent par graver un signe, qu'ils avaient voulu cabalistique au possible, sur tous les montants de tente et de tours. Ne sachant pas parler ou écrire la langue sarrasine, Marc avait jugé que cela était un bon compromis comme symbole de guerre. Les hommes se faufilaient entre les campements éparpillés, dérobant et trafiquant qui une sangle de cheval, qui un piquet, qui une hampe d'arme, qui un carquois de flèche, qui une lanière de fourreau. Tout ce qu'ils trouvaient était saboté, marqué, profané presque. Pour un soldat, il n'y avait rien de plus précieux et personnel que ses armes et armures. Au petit jour, quand ils se rendraient compte, les uns après les autres, qu'on avait ainsi touché et malmené leurs armes, ils en ressentiraient honte et horreur. C'était en tout cas le plan de Marc.

Pour ajouter un peu plus de théâtralité, les Pyrénéens sacrifièrent sur l'autel de la guerre quelques lapins que l'un d'entre eux voulait échanger à Puymorens et gravèrent un message en espagnol dans le sol. En récupérant des vêtements laissés à portée par certaines soldatesques moins précautionneuses que les autres, ils semèrent ici et là des scènes mimant des carnages violents et silencieux que les hommes ne manqueraient pas de découvrir à leur réveil.

Et en effet, ils n'y manquèrent pas. Le lendemain matin, encore porté par l'excitation de la nuit, les Pyrénéens virent avec une joie mauvaise les rumeurs se propager comme des traînées de poudre. De leurs perchoirs et de leurs yeux perçants, ils virent les soldats tomber sur leurs marques, sur leurs équipements trafiqués, ils s'esbaudirent quand les messagers tombaient de cheval car leurs brides ou leurs selles étaient inutilisables, ils pouvaient sentir la peur monter d'un cran quand les Sarrasins découvrirent le sang et les vêtements. Et le message acheva le travail : « Fuyez, avant que nous ne descendions une nuit de plus. Une dernière nuit... Votre dernière nuit. »

Il ne fallut pas longtemps à l'armée pour plier bagages. Marc Almugàver ne pouvait dire si le repli était ordonné par les officiers ou si les soldats fuyaient dans un ensemble de plus en plus organisé et coordonné, mais le résultat restait aussi probant qu'inattendu à leurs yeux. Des bataillons de centaines de soldats surentraînés faisaient demi-tour au pas de charge, abandonnant derrière eux armes et provisions, chevaux et équipement, tous marqués du symbole de Marc et de ses cinq compagnons.

— On va à Puymorens, maintenant ? demanda l'un des hommes. La nuit a été longue, la journée d'avant aussi et je me passerai bien d'une nouvelle nuit dehors.

Marc dut le reconnaître et le petit groupe prit le chemin de la ville, le contrecoup de leur action d'éclat se faisant enfin sentir sous la forme de courbatures, de crampes d'estomac à cause de la faim et d'une immense lassitude. Hélas pour eux, en arrivant à Puymorens, ils eurent la désagréable surprise de voir la ville prise par Charlemagne. Prise était un grand mot, l'Empereur des Francs était à cheval, devant quelques dignitaires et s'étonnait du départ de ses ennemis, cherchant à comprendre le pourquoi du comment.

— Hé, vous, interpella Charlemagne en voyant arriver les six hommes fourbus et poussiéreux. Vous avez plus d'informations sur... la situation ? Pourquoi les Sarrasins ont-ils plié bagages ?

— Ben, c'est nous, raconta un des compagnons de Marc. Almugàver, il nous a emmené dans le camp, on les a fait fuir, et, là, on va se coucher, n'en déplaise à votre Seigneurie. A moins qu'elle aussi ne veuille tâter de l'armée locale ?

— L'armée locale ? Almugàver ? répéta Charlemagne.

Manifestement abasourdi par la situation, le Franc regardait chacun des six compagnons, en se demandant si ces Pyrénéens ne se payaient pas sa "poire".

— On a vraiment besoin de se reposer, votre Seigneurie, reprit un autre des hommes, c'est que c'est du boulot de mettre une armée en déroute.

Contre toute attente, Charlemagne partit d'un grand rire. D'un geste, il ordonna à ses commandants de faire demi-tour, à son écuyer de reculer, et il resta seul, face à Marc Almugàver. Il mit pied à terre et s'approcha de l'homme qui ne bronchait pas devant celui qui avait conquis tant de terres.

— Tu as battu l'armée sarrasine ? redemanda Charlemagne.

— Nous, répliqua Marc. Mes cinq compagnons et moi, on l'a fait.

— Eh ben, tu m'as enlevé une sacrée épine du pied et sauvé la vie de nombreux braves… Je sais me montrer généreux, Andorran. Quand je vais raconter ça de retour au pays… Personne ne va me croire… On dira… On dira cinq mille hommes et toi. Même ça, ça paraîtra hallucinant, mais plus plausible tout de même.

Le lendemain du départ de Charlemagne, et tandis que son armée s'éloignait de Puymorens en direction du nord, un messager franc vint porter un message à Marc qui finissait sa grasse matinée. Le message, dont seulement le contenu résumé nous est parvenu, accordait la protection de l'Empereur aux Andorrans et les déclarait peuple souverain. Almugàver lut le message en levant un sourcil d'incompréhension. Peuple souverain ? Cela faisait depuis des éons qu'ils l'étaient !

Héloïse

par Paul Lautier

Ce matin-là, une légère brume recouvrait les collines verdoyantes qui se succédaient à perte de vue en pays de Foix.

Pour Héloïse qui n'était guère aguerrie au froid, ce climat était pire que la pluie dont elle aurait pu se protéger ; une pénétrante impression d'humidité l'enveloppait, transperçait ses vêtements. Tandis que son cheval enfonçait ses lourds sabots dans des flaques boueuses, des éclaboussures aspergeaient de temps à autre le bas de sa robe bleue et or. Montée en amazone, Héloïse savait pourtant afficher un port élégant et souple comme sa noble éducation lui avait enseigné malgré le relief accidenté qui conférait à la démarche de sa monture des à-coups réguliers. Elle tentait pourtant de rimer de ses hanches l'allure, tâchant de laisser de laisser son robuste Bucéphale dans les pas du destrier la précédant. Deux graciles juments isabelle, délicatement peignées, la suivaient également en file disciplinée.

La maigre escorte d'Héloïse était en effet composée d'un fidèle vassal de feu son mari ainsi que de ses suivantes, Marie et Laudine. La présence masculine du guerrier n'était que symbolique mais l'homme d'armes avait tenu à rendre un ultime service honorifique en mémoire à son suzerain disparu. Il aurait certainement donné sa vie, le cas échéant, pour sauvegarder celle d'Héloïse. Il s'était paré de son armure au grand complet pour cet événement particulier et avait fière allure avec son bouclier chamarré aux couleurs de la famille. Marie, quant à elle, retenait difficilement ses larmes, alors que Laudine priait déjà pour le salut éternel de celle qu'elle avait toujours servie.

En l'accompagnant pour un dernier voyage, toutes deux se sentaient presque orphelines. Elles avaient été confiées très jeunes à la maison d'Héloïse et leur univers depuis l'enfance se résumait à l'enceinte du château de Génat ou à ses proches alentours. Cet environnement confiné recelait néanmoins tout ce que de jeunes filles vertueuses pouvaient être autorisées à vivre de joies, de tristesse ou d'espoir. Héloïse avait été bien plus qu'une simple maîtresse, elle avait été la confidente de leurs premiers émois amoureux vis-à-vis des jeunes damoiseaux, leur rigoureuse éducatrice en matière d'enseignement religieux ou profane, leur professeur de chant et de musique, ainsi parfois qu'une partenaire de jeux de plein air, ou d'intérieur au cours des longs mois d'hiver. Dans le quotidien du cercle féminin où elles gravissaient, leur dame non seulement représentait l'idéal auquel elles se dévouaient sans retenue mais faisait aussi office de grande sœur ou de mère attentionnée selon les occasions. Héloïse, elle, tentait de ne pas douter. Elle savait où ce périple la conduisait mais elle ne voulait faillir. Elle se devait de rester impavide malgré l'étendue de ce qu'elle s'apprêtait à perdre à jamais. Bucéphale lui-même semblait presque tout autant affligé de chagrin. Il pataugeait tête baissée dans les cours d'eau ténus que la procession traversait. Lui, naguère si prompt à s'attarder au moindre chardon affleurant sur le bord de la piste, il paraissait ce jour-là infiniment contrit, comme accablé par l'imminence du destin qu'il aurait deviné au bout du chemin.

Aucune parole n'avait été prononcée jusqu'alors ; chacun se recueillait dans le silence et la peine. Tous avançaient vers la destination qui exerçait un irrésistible pouvoir d'attraction sur Héloïse. Ils s'engagèrent à travers une forêt mixte de conifères de feuillus.

- Nous en sortirons d'ici une heure, puis nous apercevrons ensuite sans trop tarder le Pic de Besali. Et là nous serons sur le diocèse d'Urgell, fit Bertrand d'une voix fébrile.

Même un preux de son acabit parvenait à peine à dissimuler son appréhension et semblait impressionné par cette aventure. Héloïse opina de la tête, ce qui parut le rassurer. Si elle faisait montre de confiance, il saurait regagner du courage. C'est Laudine qu'on entendit cette fois ravaler ses sanglots entre ses prières. Héloïse se retourna pour l'apaiser d'un silencieux mais tendre regard maternel. Le sous-bois, loin de représenter un abri le long du trajet, s'avéra en fait plus incommode que les pentes et les côtes peuplées de bosquets chétifs car des gouttelettes glaciales ne cessaient de ruisseler des branches. En ce printemps précoce, les premiers bourgeons commençaient à poindre timidement pour habiller les rameaux dénudés. Une odeur âcre et douce de terre mouillée régnait.

On pouvait écouter quelques oiseaux chanter le renouveau annuel de la nature. Héloïse reconnut notamment le gazouillis strident d'un nuage de mésanges huppées qui passait au-dessus de son équipage. Elle s'autorisa comme pour une brève récréation à lever les yeux mais ne devina que le ciel grisâtre au-dessus des ramures.

Un peu plus loin, un chevreuil solitaire fit une fugace apparition. Elle reconnut immédiatement un mâle au bel âge dont les bois duveteux étaient déjà bien développés. La grâce de sa course la ravit. Elle ne se lassait jamais d'admirer ce genre de spectacle innocent mais réalisa toutefois avec un pincement au cœur que le fait de s'émerveiller ainsi devant de tels simples plaisirs terrestres qui l'avaient naguère tant comblée appartiendrait désormais à une époque révolue.

De même, se souvint-elle alors de ses après-midis devant la grande fenêtre du donjon. Elle était assise sur son banc de pierre qui restait rafraîchissant durant les chaleurs estivales mais devenait brusquement un austère support à la saison opposée. Face à son ouvrage de broderie, elle guettait les arrivées au château. A chaque fois que lui parvenaient des martèlements sourds de chevaux piétinant la vaste clairière, elle se redressait pour tenter de reconnaître le visiteur. Elle avait espéré longuement que son époux lui revînt un jour. Elle l'avait aimé et l'aimait encore, bien qu'elle ait appris officiellement sa disparition tragique. Quel malheur que Dieu le lui ait confisqué ! Mais ils se retrouveront plus tard aux cieux. Héloïse en était persuadée… ou presque. Elle aurait pu vieillir entourée de nombreux amants, voire même élire l'un d'entre eux pour partager plus durablement l'intimité de ses jours en plus de ses nuits. Les prétendants avides de lui adresser un message d'admiration dans un billet plié ne manquaient pas. Héloïse offrait en effet un physique aimable, des formes arrondies. Elle était en chair comme les goûts à l'air du temps portaient à l'être. Sa peau resplendissait de blancheur ingénue, constellée de quelques pigmentations roussâtres. Sa chevelure blonde docilement rassemblée en une longue natte soulignait la douceur de son visage. Oh ! Certes, elle n'avait pas toujours dénié la sensualité discrète et le raffinement du jeu de la séduction, prisé, encouragé par l'époque. Mais son époux disparu, elle le vénérait davantage que de son vivant et tout écart lui aurait dès lors valu à ses yeux d'être gravée de la marque d'une inexpiable infidélité. Cependant ce n'était pas la crainte d'un jugement dernier qui lui conférait cette sagesse ; elle était devenue convaincue et sincèrement résolue à écarter de sa voie la recherche de tous plaisirs charnels et même de toutes fadaises anodines, combien même la fin'amor pouvait-elle être à la mode pour sa génération.

Héloïse quittait ce monde dans lequel elle avait été impliquée, dans lequel elle s'était investie sans réserve. Elle ne le regretterait pas, du moins aspirait-elle à l'entendre ainsi. Elle ne voulait pas se jeter à corps perdu parmi la gent masculine, se retrouver seule face à tous ces mâles dont l'appétence pour ses charmes ou pour son héritage matériel la tourmentaient subitement.

« Pourvu que j'en reste persuadée ! Pourvu que cette absence de remords puisse durer », soupirait-elle inconsciemment. Perdue dans ses pensées, Héloïse ne s'était pas aperçue qu'ils étaient sortis du petit bois. Bertrand paraissait anxieux au milieu d'un terrain découvert, sa tête ne cessait de se tourner de droite et de gauche. Héloïse qui continuait à le suivre ne voyait que l'arrière de son casque rutilant et oscillant à un rythme qui révélait sa sourde inquiétude. Elle distingua ensuite la seconde forêt, beaucoup plus acérée que la première. Le cœur en semblait sombre, étroit. De loin, on devinait une vallée. Au creux de celui-ci émergeait un clocher. La cime encore quelque peu dépouillée des arbres laissait entrevoir la flèche de l'abbaye. Ils y étaient, ils étaient en Andorre.

Héloïse sentit un tressaillement. Elle aperçut rapidement les pierres brutes de l'église flanquée des gargouilles sommairement sculptées. Ces éléments lui devinrent immédiatement familiers et la confortèrent sur ses intentions, levèrent les derniers doutes qu'elle aurait pu avoir.

Elle était déjà chez elle, dans sa future demeure. Parvenue au but, elle allait pouvoir prononcer enfin son vœu de renoncement. Elle avait souhaité se consacrer aux ordres, vivre recluse parmi la douzaine de nonnes qui partageaient leur existence spartiate derrière la lourde porte d'un asile reculé, loin du tumulte de la vie sociale. Elle allait dire adieu à ses robes, à ses coiffes, ainsi qu'aux musiciens et aux compagnons d'armes de son époux. Elle abandonnait totalement la richesse foncière ainsi que l'influent pouvoir domestique absolu dont elle jouissait. Seules Laudine et Marie lui rendraient peut-être encore visite de loin en loin. Mais tel était son désir, sans doute son dernier désir. Cependant cet avenir linéaire en apparence devrait lui apporter tant de compensations et d'élévations spirituelles, du moins le pensait-elle réellement… à force de l'espérer. Et Dieu que sa propre détermination allait lui être nécessaire pour persévérer dans son engagement de foi, que sa volition deviendrait sa force essentielle pour atteindre la sérénité, le dénouement ultime de sa quête aux confins des tentations !

La pointe de flèche
(fin du XXème siècle)

par Jean Corbeyre

Le soleil a commencé de descendre vers l'ouest et atteindra bientôt la crête de la Serre. Mais il fait encore bon en cet après-midi d'hiver, les heures de vacances sont précieuses et Guilhem poursuit son investigation. Ce replat de terrain abritait autrefois, gardés par Roche-Ronde où était le refuge, des hommes et leurs familles. Aujourd'hui le village a migré vers les pentes inférieures, plus près de la route qui longe la Courbière. Rabat les Trois Seigneurs, Rabat les deux clochers, s'endort doucement avec le millénaire et son passé glorieux s'estompe peu à peu de la mémoire du lieu.

Dans ses lectures, Guilhem a découvert quelques bribes de l'histoire locale et laisse ses pensées courir par les montagnes. Il imagine le temps et remonte son cours tel un pêcheur qui, traquant la truite fario, parcourt les rives d'un torrent. Tout à coup, se penchant sur une taupinière, son œil est attiré par la forme singulière d'un objet, d'un caillou. Féru d'histoire et d'archéologie, l'adolescent sait que la taupe fouit le sol assez profondément, souvent à plus de cinquante centimètres de la surface, et que dans ses déblais elle exhume des vestiges anciens. Il se penche et ramasse l'objet ; sortant son Opinel, il en gratte la gangue de terre ; sous la lame d'acier ressurgit à l'instant une poussière du temps. C'est du fer très rouillé. Avec précaution Guilhem dégage le morceau de métal et, peu à peu, apparait - le doute n'est pas possible - une pointe de flèche. Triangle de métal dont la douille est rongée, ce fragment de l'histoire évoque les temps anciens. Son possesseur lui confiait son dîner ou sa vie selon les circonstances et là, perdu en quelque tir, ce témoin est resté avec humilité, attendant que le temps le réduise au néant. Un petit animal vêtu de velours noir l'a retiré du sol, un garçon de treize ans l'examine et rêve. Une poussière de rouille macule ses mains, cette flèche est magique.

Forgée dans le secret des entrailles de la terre, alors que les seigneurs maures dominaient la vallée il y a bien longtemps, elle fut faite du fer qui venait du Rancié par un homme de fer qui forgeait en chantant. La forge était cachée dans les bois de Sérièges et fabriquait, à l'insu des occupants, les armes qui, le temps venu, aux mains des montagnards, sauraient les reconduire au-delà des monts d'où ils étaient venus. Pierre le forgeron l'a remise l'autre soir dans la grotte des Incantats à Jordan le berger. Brillante, tranchante et acérée, elle a rejoint, montée sur une tige de coudrier et empennée de la plus belle plume, le carquois du pâtre. Celui-ci a déjà eu maille à partir avec les soudards de Sanche, le seigneur maure. Depuis, il s'est juré de leur faire face et de faire respecter son droit. Il a monté ses flèches « à homme », pointe croisée avec l'empenne.

Le soir tombe, les sinistres murailles de Miramont rougissent sous les derniers rayons du soleil et Jordan s'apprête à rentrer ses ouailles quand un cri retentit aux lisières du village. Cri de détresse, cri de souffrance, le berger se saisit de son arc et, confiant son troupeau à ses chiens, s'élance vers ce cri. En un éclair, il voit la scène qui se déroule à moins d'un quart de lieue. Quelque soudard est venu rançonner comme à l'accoutumée, cette fois c'en est trop ! En quelques minutes, Jordan arrive en vue du village. Sanche est là, à cheval, revêtu de son camail et l'épée au fourreau ; il assiste à la scène. Deux séides ont tiré la vieille Maria de sa chaumière et mettent à sac celle-ci. Quelques habitants se sont attroupés et grognent sans intervenir, Sanche rit à gorge déployée. Tout à coup, venant du hameau de Countrac, surgit Jean le bûcheron, sa cognée à la main. Ecartant les peureux, il affronte les maures. Moins vaillants face à lui, ils hésitent et regardent leur chef. Tirant son cimeterre, Sanche ricane, il va donner l'exemple à ce troupeau bêlant. Ses soldats l'imitent aussitôt et reprennent courage, trois contre un cela leur va. Plus rapide, la cognée de Jean a déjà fendu l'air et, le crâne enfoncé, le premier téméraire s'écroule sur le seuil de la chaumière. Mais la hache est brisée, son manche s'est rompu. Sanche lève son arme, il pousse son destrier et attaque. Un sifflement traverse l'espace, Sanche s'affaisse et roule à terre, l'empenne de la flèche sort encore de la cotte à la place du cœur. A cent pas, Jordan arme à nouveau son arc, il n'aura pas à tirer car les villageois viennent de se ruer sur le dernier soldat.

Un nouveau cri, plus net cette fois, est répercuté par l'écho : « Guilhem... ! ». A son père qui s'approche, l'adolescent montre la pointe de flèche mais ne pourra lui montrer le voyage dans le temps qu'il vient de vivre. L'ombre monte dans la vallée, oui il est temps de rentrer.

Note : Les ruines du château de Miramont sont situées sur une crête rocheuse entre les communes de Rabat-les-trois-seigneurs et de Saurat. Le château a été rasé, mais ses terrasses de soutènement subsistent sur la roche bombée qui lui servait d'assise appelée par certains habitants des environs "la roche ronde".

Une broche ou deux ?

par Luc Tuffier

Au coin de la rue Labistour, la bijouterie Pottez avait bonne renommée à Foix depuis des décennies, déjà. Un président de la République s'y était fourni et nombre de présidentiables lui avaient emboîté le pas. La vitrine brillait de tous les éclats de ses pierres fines et son propriétaire, Tristan, était fier de ses dernières – et coûteuses – transformations qui auraient certainement ébahi son arrière-grand-père, fondateur de ce commerce il y a plus d'un siècle.

Et ce mardi-là, Tristan était aux anges. Il recevait un gros client, un luxembourgeois du nom de Philippe Outry qui s'intéressait de près à une broche en or sertie de diamants et d'une émeraude, qui, selon la fiche individuelle liée au bijou, aurait appartenu à une confidente de Marie-Antoinette, cadeau de la reine.

Le prix de cet objet était à la hauteur de ses composants et de son histoire. Mais Monsieur Outry était visiblement à l'aise quand il évoquait des sommes à six chiffres.

Ce client était venu la semaine précédente, accompagné d'un ami qu'il avait présenté comme expert en joaillerie. Fiona, l'une des deux vendeuses, les avait reçus, mais devant l'importance de la somme en jeu, Monsieur Pottez en personne l'avait rapidement remplacée.

Les trois hommes s'étaient retirés pour les tractations d'usage, dans un petit salon discret, luxueux, à l'écart de la boutique, où n'étaient conviés que des clients sélectionnés.

Le bijoutier s'attendait à une âpre discussion visant le troisième brillant où apparaissaient deux fines rayures, infimes soit, qui ne se voyaient qu'à la loupe oculaire, mais qui dévalorisaient l'ensemble. Mais Tristan fut étonné – et ravi – que le prix qu'il avait annoncé soit accepté quasiment d'emblée par ce riche client, malgré les remarques de son conseiller.

Les deux visiteurs étaient repartis avec la promesse de revenir ce mardi, laissant un laps de temps nécessaire au transfert des fonds depuis le Luxembourg sur un compte en France.

Dès l'arrivée de Monsieur Outry, seul cette fois, Fiona avait prévenu son patron qui s'était précipité pour le convier à nouveau dans le petit salon. Là, s'était déroulé l'échange des biens : le chèque certifié de 120 000 euros, ayant été validé par un appel à la banque correspondante, puis un fax (« on n'est jamais trop prudent pour de telles sommes ! », s'excusa le bijoutier), l'écrin rouge contenant la broche fut remis à Monsieur Outry.

Le temps de ces vérifications jusqu'à l'échange final, les deux hommes avaient devisé aimablement. C'est au cours de cette discussion que le client mentionna qu'il recherchait une seconde broche, identique en tous points à celle qu'il venait d'acquérir.

« Ce bijou a également été offert par la reine de France à une autre de ses suivantes. Il était conçu sur le même modèle pour ne pas froisser la susceptibilité de l'une ou l'autre de ces dames de compagnie, promptes à des sentiments de jalousie, à l'époque ; ce qui, parfois, conduisait à des excès. Les recherches historiques que j'ai menées me conduisent à affirmer catégoriquement ce fait. Malheureusement, je n'ai pu retrouver la trace de cette seconde broche jusqu'à ce jour, mais je ne désespère pas de la découvrir. Tel est l'objet de la quête que je me suis fixée : posséder les deux bijoux est mon vœu le plus ardent.

- Je pourrais éventuellement vous apporter mon aide dans cette quête, proposa Tristan.

- Je n'oserais pas prendre une minute de votre temps, qui doit être *précieux* comme ce qui vous côtoie, plaisanta le client.

- Mais si, voyons, j'insiste. Je connais énormément de monde dans ce milieu très fermé et je pense pouvoir mettre la main sur ce sosie de mon côté.

- J'en suis confus. Mais cela me ravirait, n'en doutez pas un instant. Bien sûr, je suis prêt à acquérir ce modèle à n'importe quel prix, vous m'entendez, à n'importe quel prix ! Le coût de la seconde ne fera que bénéficier à la première, qui verra sa côte augmenter, et dès lors, les deux réunies auront une valeur astronomique.

- Je comprends fort bien Monsieur Outry.

- Et je vous en prie, appelez-moi Phil, désormais. Je considère que votre geste est digne d'un véritable ami.

- Oh, Monsieur Ou... Phil, je tiens à partager l'honneur que vous me faites. Je me prénomme Tristan.

- Eh bien, soit. Qu'il en soit ainsi. Le moment est venu, je crois, de porter un toast à la prochaine découverte de ce bijou, Tristan.

- A la réussite de cette quête ! »

Une bouteille millésimée avait été débouchée pour l'occasion ; la couleur, la fraîcheur, les bulles, le bouquet étaient un ravissement hors du commun pour le palais. Elle provenait d'un petit propriétaire champenois auprès duquel se fournissait la maison Pottez depuis plus d'un demi-siècle, pour le plus grand plaisir des richissimes clients qui fréquentaient ce petit salon.

En début de soirée, le bijoutier contacta ses collègues les plus réputés de France à Cannes, Paris, la Baule, Aix les Bains, pour tenter d'obtenir des renseignements sur l'objet visé. Ses recherches restèrent vaines pendant plus de deux semaines, au cours desquelles Philippe l'appela, deux vendredis et un mercredi, pour s'enquérir du résultat. Rien jusqu'à présent, et Tristan lui confia que la broche ne devait pas se trouver en France.

Philippe lui suggéra d'élargir son champ d'investigation à l'Europe dans un premier temps, puis aux Etats-Unis, à la Russie, en Chine ou au Moyen-Orient, pays où les milliardaires foisonnaient.

« Comment le pourrais-je, Phil ! Je ne dispose pas des coordonnées de tous mes confrères sur la planète.

- Avez-vous essayé de passer par le biais d'Internet ?

- Hélas, je suis de la vieille école, voyez-vous, et les ordinateurs, ce n'est pas mon fort.

- Pourtant, vos comptes …

- C'est ma secrétaire qui s'en occupe. Mais de là à lui demander de passer une annonce ! A moins que … mon neveu semble s'y connaître. Je vais voir avec lui ce que nous pourrions faire. Je vous remercie pour cette idée lumineuse, en espérant qu'elle portera ses fruits.

- J'y compte bien, Tristan !

- A bientôt, j'espère, Phil.»

Deux jours après la mise en ligne de la demande, photo de la première broche à l'appui, Tristan reçut un mail d'un collègue de Lausanne, qui pensait détenir depuis peu la sœur siamoise, acquise pour 340 000 euros à un signor italien du nom de Lucciano Seffa, de Florence. Le collègue suisse incluait déjà dans cette annonce sa marge bénéficiaire de 40 000 euros, ce qui ne l'empêcha pas de proposer un supplément.

« Vous comprendrez que mes services d'intermédiaire dans cette affaire méritent une juste rétribution que je chiffre à 15 000 euros.

- Voyons, entre collègues, nous pourrions nous entendre sur un montant raisonnable. Je vous en propose 350 000. »

Les bijoutiers y trouvant chacun leur compte, l'affaire fut rapidement conclue. La seconde broche intégra le coffre-fort de l'arrière-boutique de Foix la semaine suivante.

Dès le lendemain de son arrivée, Monsieur Pottez tenta de joindre son 'ami' Phil, pour lui annoncer la bonne nouvelle, lui proposer de venir admirer la merveille qu'il lui céderait pour la somme de 400 000 euros, 'faisant l'impasse sur les frais que m'a occasionnés cette recherche, cher ami', lui rappeler que la broche en sa possession valait approximativement la même somme, quant à la valeur des deux réunies ....

« Le numéro que vous avez demandé n'est pas attribué. Veuillez consulter l'annuaire ou le service de renseignements. »

Croyant avoir appuyé par mégarde sur une touche inadéquate, Tristan recomposa méticuleusement le numéro inscrit sur la carte de visite que M. P. Outry lui avait confiée lors de sa seconde visite, l'index appliqué sur chacune des touches de son téléphone. La voix impersonnelle entama la même ritournelle : « Le numéro que vous avez dem… ». Il raccrocha.

Comment pouvait-il joindre Philippe Outry ?

Internet, bien sûr ! Cet homme devait figurer sur les pages recensant l'élite luxembourgeoise, à commencer par une recherche sur l'adresse mentionnée, avec l'aide de son neveu. Hélas, l'avenue Waterloo ne figurait dans aucune ville du duché. De plus, aucun article ne citait un certain P. Outry, au Luxembourg comme dans les pays frontaliers, Allemagne, France, Suisse, recherche étendue jusqu'au Portugal, en Grèce, en Finlande.

« Aurais-je été joué ? »

Il rappela son collègue de Lausanne qui indiqua s'être empressé d'acheter la broche à son client italien dès la parution de l'annonce sur Internet. Et oui, c'est ce même client qui l'avait orienté vers le site de la bijouterie Pottez.

Tristan et son neveu lancèrent alors une recherche sur le dénommé Lucciano Seffa. Aussi vaine que la précédente !

« Mais enfin, qu'est-ce que ça veut dire !, explosa-t-il alors qu'il se trouvait derrière le comptoir, tandis que Fiona s'affairait à arranger une vitrine, en l'absence de tout client.

- Quoi donc, Monsieur ? lui demanda-t-elle.

- Lucciano Seffa n'existe pas !

- Si vous me permettez, Monsieur, j'ai quelques connaissances en italien et je pense qu'il s'agit là d'un jeu de mots.

- Expliquez-vous !

- Il faut sans doute l'interpréter comme 'lucia no se fa', ce qui signifie 'la lumière ne se fait pas'.
- Mais enfin, quelle lumière ? Comment se fait-il que deux personnes réelles, en chair et en os, l'une que j'ai vue, l'autre qu'a rencontrée mon collègue de Lausanne n'aient aucune existence.
- Qui est l'autre, Monsieur ? Ce charmant client qui a acquis la broche ?
- Tout juste, Fiona. Il s'appelle Philippe Outry. Il m'a mis en confiance, m'a autorisé à l'appeler Phil, comme si nous étions amis de longue date.
- Ah, je vois, Monsieur. Mais ne soyez pas vexé de n'avoir pas non plus saisi le second jeu de mots.
- Quel est-il ?
- Phil Outry, Monsieur, comme filouterie.
- ... »

Pour tenter de se consoler, voire réfléchir, Tristan posa la broche sur un présentoir de velours rouge et se mit à la contempler. Comme l'avait déclaré ce client mystérieux, celle-ci était étrangement identique à la première, et, ...
« Oh, non ! » se lamenta-t-il.
Tristan Pottez chaussa sa loupe oculaire pour vérifier un détail : le troisième brillant portait deux rayures infimes.

Escapade Pyrénéenne

par Monique Renault

Elégance Olympienne, exquises Pyrénées,
Hugo* vous célébra : éminente victoire !
Sardane ou Fandango, dignes secrets d'Histoire,
Ô ! Montagne céleste ! Embrassez les années…

Dans l'onde bleue des lacs, s'épousent les reflets…
Vous caressez le ciel, fleurissez nos mémoires !
Illustre patrimoine, au faîte de la gloire,
Tel un fier Pygmalion, le vent vous a sculpté…

Du gracieux Pays Basque aux perles Catalanes,
De cascade en village, votre prestige émane…
Sur les ailes du Temps, vous enchantez le monde !

Lovée entre les monts, s'offre, à mes yeux, Andorre…
Sur l'écran de la nuit que la lumière inonde,
Dans les bras de Morphée, je rêve et je m'endors...

_____

*Victor Hugo : Le voyage vers les Pyrénées
*Morphée : Divinité du sommeil et des rêves

Illustration de Monique Renault

Lettre à Céret

par Monique Renault

Sous la voûte des cieux, ineffables Albères,*
Une Porte d'Espagne et une autre de France,
Vous captivez mes yeux, d'une grâce princière :
Majestueuse montagne, où la lumière danse !

Quand le soleil flamboie, sur le cœur de Céret,
A l'ombre des platanes, on rit, on se rassemble,
On flâne, dans la joie, aux terrasses des cafés...
Pour danser la Sardane, ou bavarder ensemble...

La rivière scintille, tel un ruban d'argent,
Echappée de sa source, vers la mer, pour descendre...
Jouant avec les brindilles, emportées par le vent,
L'eau glisse et se trémousse ; qu'il est doux de l'entendre !

La ville resplendit, dans les monts et merveilles !
Le Mimosa fleurit, tel un nectar divin...
Sous le ciel du Midi, les ruelles s'éveillent.
Délicieux paradis, j'aime votre parfum !

---

* Les Albères : Massif des Pyrénées-Orientales

Comme il a fière allure, le vieux pont et son arche !
Secrètement construit, il fut l'œuvre du Diable !
Dans l'écrin de verdure, l'illustre patriarche,
Naquit en pleine nuit, me révèle une fable !

Brillez, noble trophée, à la gloire d'antan !
Eternelles légendes aux rêves incessants,
Vestiges mythifiés, vainqueurs de tous les Temps,
Dansez la sarabande, éclairez le présent !

***

Panorama Pyrénéen

par Eléna Amette

J'irai voyager dans la vallée de Cauterets
Là ou coulent des cascades spectaculaires
Dans une ambiance particulière

J'irai espionner les marmottes dans le parc national
Entouré de verdure et de grands espaces
Parmi les fleurs et les rapaces

J'irai goûter aux fromages
Qu'ils soient de brebis ou de vache
Ils mettent en appétit et ne font pas tâche

J'irai me reposer au refuge Wallon Marcadau
Le temps d'une nuit
Loin de l'agitation et du bruit

J'irai contempler cette nature si verte
En respectant la terre bienveillante
Des Pyrénées, une région si accueillante

« Le cirque de Gavarnie » par Jacques Majos

Fontargente

par Florence Kercorb

Tout était tendre ou bleu. Les roches sur le ciel, les cascades entre les branches, et l'enfant qui courait sous le regard clair du garçon. Le matin était tendre, la montagne était bleue. Des forêts de sapins aux jeunes prairies criardes, l'horizon semblait s'anéantir.

Nous marchions et rien ne changeait, rien ne bougeait, rien d'autre que l'air, brutalement. Alors, des lames de lumière vinrent découper les ombres comme le temps épluchait les heures. Un soleil cru fit vibrer dans l'air les éclats de couleurs qui jaillissaient vers nous. Des fourmillements vertigineux brûlaient nos yeux. Midi : une fois encore tout se confondit.

Et le garçon était tendre et son regard était bleu. Nous étions là, tous les trois, dans ces montagnes où l'espace seul se mesure en temps. Nous marchions et tout était immobile.

Plus loin surgit une cascade, fluidité de roche sans ombre ni fraîcheur, seulement ce bruissement de cristal aussi transparent que l'air. Cristallin aussi le rire de l'enfant lorsque l'eau glacée l'éclaboussait et le faisait reculer. Nous fîmes une pause.

L'horizon : un horizon d'herbes rases et de roches nues, formes pures, masses rudes. Et toujours tendres et bleues, les montagnes.

Encore des pas. Et puis ce fut le lac, comme un morceau de ciel déchiré par les sommets et qui aurait coulé sur leurs versants, entraînant des coulées de gravats dans sa chute. La roche est partout, dans ses reflets et dans ses pures profondeurs. Le regard s'y perd. Masse d'eau suspendue comme le jardin d'une citadelle disparue. Les fleurs violettes ou jaunes ne connaissent que le souffle sourd et dur des hauteurs qui les empêche de grandir et qui, de loin, donne le sentiment d'un désert luxuriant.

Tout était si pur, je rêvais que j'étais cette herbe, cette eau, cette roche. Dans la glace turquoise le garçon se baigna. Il était beau. Tout était si calme qu'on aurait dit un dieu.

Fontargente, éternellement tendre et bleue.

Note : Les étangs de Fontargente sont trois étangs situés en Ariège, dans la vallée de l'Aston, dans les Pyrénées.

Adrienne

par Florence Day

Assise dans sa bergère en velours bleu, près de la fenêtre qui donnait sur la rue, Adrienne tricotait avec ardeur. Seul le cliquetis lancinant des longues aiguilles rompait le silence confiné du salon désuet mais confortable. Dissimulée derrière un fin rideau de mousseline blanche, elle observait attentivement les passants, tels cette dame âgée qui promenait son caniche, mais n'avait pas le civisme de ramasser ses petites horreurs, et ce jeune homme qui attendait sa petite amie, ses écouteurs vissés sur les oreilles. Elle aimait tricoter en regardant vivre les autres. Ses mains maigres, semblables à des pattes d'oiseau, étaient encore agiles malgré ses quatre-vingt-deux ans. Elle accomplissait son ouvrage avec une application ordonnée car tous ses après-midi étaient rythmés par les mailles. Mailles à l'endroit, mailles à l'envers...

Soudain, elle écarta le rideau. Elle venait d'apercevoir une fillette avec de longues tresses qui rentrait de l'école en courant, le dos courbé sous un grand cartable jaune, et lui rappelait une gamine tout aussi brune et menue. Une vive émotion chavira alors son vieux cœur. C'était il y a si longtemps...

En tablier rouge à carreaux blancs, bien droite derrière son pupitre en bois tâché d'encre, elle était une élève très studieuse, toujours première de sa classe à la grande fierté de son père, contremaître dans une usine de textile à Roubaix. Comme elle était heureuse, alors, seule fille parmi trois grands frères qui la dorlotaient ! Dans leur vétuste logement situé au second étage d'un immeuble en briques crasseuses, il régnait en effet une atmosphère paisible et joyeuse autour d'une mère attentionnée qui astiquait et cuisinait toute la journée, à peine détournée de ses nombreuses tâches ménagères par quatre ou cinq tasses d'un bon café à la chicorée, comme on l'aimait dans le Nord, et d'un père qui rentrait du travail harassé de fatigue, mais demeurait toujours attentif à sa nichée. En effet, gare aux oreilles de celui qui ramenait un mauvais carnet de notes ! Celles de Lucien, le cadet, en savaient quelque chose ! Car le père voulait une autre vie que la sienne pour ses quatre enfants entassés dans un minuscule deux pièces, avec pour seul horizon une ruelle aux égouts puants et la grisaille des maisons aux façades lézardées.

Pourtant, elle n'avait pas souffert du manque d'argent, des robes rallongées d'une année sur l'autre ou de la promiscuité bruyante de sa fratrie lorsqu'elle faisait ses devoirs, parce qu'elle aimait profondément la douceur de son foyer qui sentait bon la carbonnade flamande et la tarte à la rhubarbe. Elle attendait surtout impatiemment le festin du dimanche avec la famille et les amis réunis autour de la lourde table en orme. Ah ! Le *welsh* de sa mère ! Ce délicieux fondant de pain gratiné au fromage et ces effluves un peu amers de la bière brune lui mettaient toujours l'eau à la bouche, soixante-dix ans après !

Et les *couquebaques* * saupoudrées de cassonade, elle s'en souvenait encore ! Elle avait été si heureuse jusqu'à son mariage...

La vieille dame trembla un peu. Zut, elle venait de louper une maille ! Mais où avait-t-elle donc la tête ? Elle soupira de tristesse et rattrapa aussitôt sa maladresse. Mailles à l'endroit, mailles l'envers...

Cette vilaine page de son passé attendrait demain, aujourd'hui elle n'avait pas assez de courage. Les heures défilèrent. Adrienne regarda par la fenêtre : la nuit avait étendu son épais manteau d'encre sur les toits environnants et sur le magnifique beffroi fièrement dressé sur la place du village. C'était l'heure du souper. Elle roula soigneusement son tricot dans un linge propre, le posa sur la table basse et trottina vers la cuisine. Après un potage aux poireaux et un morceau de maroilles rapidement avalés, le sommeil vint la cueillir, rabougrie comme un sarment desséché sous son épais édredon de plumes.

Le lendemain, aux alentours de quatorze heures, Adrienne se pencha par la fenêtre largement ouverte en raison de la chaleur étouffante qui régnait dans le salon. Dehors, le soleil ressemblait à une énorme boule d'or. Elle tira le rideau pour se protéger de la lumière trop vive, puis elle s'installa confortablement dans sa bergère avant de reprendre son précieux ouvrage et le cours de son passé. Où en était-il déjà ? Ah ! Oui à son mariage ... Cette fois, elle ne tremblerait pas !

---

* Couquebaques : crêpes épaisses à base de bière et de chicorée.

À la sortie de l'église Saint-Joseph, elle était si belle dans sa longue robe blanche, ses beaux cheveux noirs coiffés d'un tulle mousseux, qu'elle croyait en l'avenir, en sa bonne étoile. Elle ignorait, alors, que durant près de quarante ans, elle ne connaîtrait plus le bonheur à cause d'un imbécile de mari, dur et égoïste, qui avait refusé de lui donner un petit. Elle avait tellement souffert de ne pouvoir enfanter qu'elle s'était jetée toute entière dans le tricot. Un océan de mailles pour noyer son chagrin ! Lorsqu'une larme roula sur sa joue fripée, Adrienne l'écrasa en se morigénant à voix haute : « Allons, ma pauvre vieille, il faut oublier cette vilaine période et ne songer qu'aux jolies choses de la vie ! Prépare-toi un bon café ! »

Aussitôt dit, aussitôt fait, elle posa soigneusement son ouvrage sur le fauteuil et s'en alla passer le café. Elle y ajouta quelques grains de chicorée qui lui donneraient toute sa saveur, puis elle prit deux *nieulles* bien sucrées dans une grosse boîte en fer. Ah ! ces petits gâteaux, pour rien au monde elle ne s'en priverait ! Ils étaient à l'image de son Nord adoré, simples mais généreux. Elle savoura ce petit goûter improvisé et se remit au travail. Mailles à l'endroit, mailles à l'envers...

Elle reprit également le fil de ses souvenirs. Lorsqu'elle s'était retrouvée veuve à soixante ans, trop âgée pour adopter, elle avait décidé de se consacrer aux enfants de sa famille et de ses amis. Et elle avait tricoté pour eux au point d'avoir de douloureuses ampoules aux doigts : une somptueuse robe de baptême garnie de dentelle de Calais pour Arabelle, un nid d'ange en angora pour Flora, ses petites- nièces, un bonnet chat aux pointes rigolotes pour

Paul, un cousin éloigné, et puis de minuscules chaussons par-ci, de mignonnes brassières par-là et quantités de ravissants gilets ornés de rubans et jolis boutons en nacre. Elle avait eu tant à faire pour habiller tous ses petits que cela avait donné un véritable sens à sa vie. Finis les regrets ! Aux oubliettes l'odieux mari ! Elle leur avait préféré les gazouillis craquants des bébés et les berceuses fredonnées au-dessus d'un couffin, devenant au fil des années la gentille tante Adrienne aux doigts de fée. L'amour des autres à travers l'amour des mailles avait enfin comblé sa solitude !

Adrienne était sur le point d'achever le manteau bleu marine qu'elle destinait à un petit-neveu, prénommé Adrien en son honneur, quand elle fut prise d'un affreux mal de tête. Elle avala un antalgique et se mit rapidement au lit. Le lendemain matin, elle se leva à huit heures, mais elle n'eut pas le courage de faire sa toilette. Elle se sentait trop lasse. D'une lassitude qui glaçait son sang dans ses veines. Ses maigres forces l'abandonnaient comme si elles en avaient assez d'habiter ce corps décharné qui cachait sa misère sous une coquette robe de chambre. La vieille dame s'assit dans sa bergère et reprit péniblement son tricot en disant : « Allons, Adrienne, secoue-toi, il faut terminer ce manteau ! Trois rangées de mailles, ce n'est rien du tout ! »
Seulement, trois petites rangées mais si difficiles à monter ! A présent, la sueur mouillait ses doigts noueux et son front parcheminé. Adrienne était à la peine. Jamais les mailles ne s'étaient montrées aussi cruelles avec elle. Encore un petit effort ! Mailles à l'endroit, mailles à l'envers...

Quand elle eut enfin achevé le joli manteau bleu, la vieille dame rangea soigneusement ses aiguilles puis elle ferma ses paupières froissées sur ses yeux qui avaient tant travaillé. Dans un ultime sursaut, elle murmura : « Adieu les mailles ! Adieu mes tout-petits ! »

Son cœur, aussi, venait de s'en aller.

Un ange pour Noël

par Coralie Parnois

- Avez-vous déjà une idée de ce que vous demanderez au Père Noël ?
La question de Mme Boisverron, la maîtresse, laissa les CE1 dubitatifs. Quelques mains se levèrent, encore hésitantes tandis que la plupart des enfants réfléchissait.
- Oh allez ! Je suis sûre que vous y avez déjà pensé, n'est-ce pas ? Chacun son tour, alors. Léa, tu commences ?
L'interpellée releva brusquement la tête, décroisant ses bras sur lesquels elle se reposait, au coup de coude de son voisin de table. D'une voix pâteuse et endormie, les yeux à-demi clos, elle lança instinctivement :
- Présente !

Des éclats de rire fusèrent de toutes parts. Même si Léa était connue pour avoir la faculté de partir au royaume des rêves à chaque fois qu'elle venait en cours, il était toujours drôle d'observer ses réactions à ses réveils brutaux. Certains élèves des autres classes s'amusaient à dire qu'elle pourrait s'endormir plus vite que son ombre, si une ombre pouvait dormir.
- Puisque tu m'as l'air si motivée, tu nettoieras la salle à la fin de la journée. Enfin… si tu arrives à ne pas somnoler sur le balai, ironisa la jeune femme.
Les ricanements, s'étant calmés à la voix de Mme Boisverron, reprirent de plus belle à la fin de sa phrase.

Léa, rouge de honte, baissa la tête, les yeux rivés sur sa table qui avait, à ce moment-là, une fonction autre que matelas pour ses siestes improvisées.

- Je répète donc ma question : que veux-tu pour Noël ?

- Des… des barbies… balbutia presque inaudiblement Léa, mal à l'aise.

L'adulte hocha la tête pour lui signifier qu'elle avait compris ce qu'elle avait dit malgré son timbre de voix et qu'elle espérait qu'elle, au moins, avait compris ce qu'elle attendait d'elle. Ce que Léa saisit parfaitement. La maîtresse passa donc à l'élève suivant en faisant un signe de tête.

- Et toi, Nathan ?

- Moi, j'veux une voiture télécommandée ! Vroum ! Vroum ! Ziiiiiip !

Le petit garçon dénommé Nathan, se plongea dans une parfaite imitation d'un fou du volant à la conduite d'un bolide de course.

- Et un virage de malade !!

- Je pense que l'on a compris, soupira Mme Boisverron en levant les yeux au ciel.

Nathan redescendit sur terre et demanda tout haut s'il avait été arrêté pour excès de vitesse. Le brouhaha reprit.

L'institutrice était parfois exaspérée par le comportement de quelques-uns de ses élèves.

Il faut dire qu'entre Léa la marmotte et Nathan le clown de service, ses journées n'étaient pas de tout repos. Cette semaine-là, les classes étaient plus particulièrement excitées, enthousiastes, à cause des fêtes qui approchaient à grand pas.

On était déjà le premier décembre. Les jours semblaient passer comme des secondes. Et ça n'allait pas s'arrêter : après Noël, il y avait le Nouvel An. Et après le Nouvel an, l'Épiphanie.

- Silence ! Bien. Océane ?
- Des lego.

Et les cadeaux tant espérés se listèrent un à un.

- Des pains d'épices.
- Une dinette.
- Un livre.

La maîtresse sourit au dernier désir et se dirigea vers la table du fond où se trouvait Jonathan, qui ne s'était pas encore exprimé.

- Et toi, Jonathan ? Qu'est-ce que tu as demandé au Père Noël ?
- Euh… Eh bien…

Le concerné rougit subitement.

Pour l'institutrice, il était le plus timide et le plus naïf de toute l'école primaire. Ce qui donnait, aux yeux des adultes, une image de lui comme étant un enfant doux et innocent. Comme un agneau. Même si ses notes n'étaient pas extraordinaires, il était néanmoins un très bon élève qui cherchait sans cesse à se surpasser malgré ses difficultés.

- Nous t'écoutons, l'encouragea Mme Boisverron.
- Je… J'aimerais avoir un ange pour Noël… révéla-t-il d'une voix claire, mais pourtant peu assurée.

Il avait les yeux rivés sur ses mains qu'il triturait sans ménagement avec nervosité.

Le silence plana, lourd et pesant, pendant quelques minutes sur l'assemblée. Puis quelqu'un lâcha finalement un rire, scellant ainsi le verdict de l'enfant voulant un ange comme cadeau. Un autre gloussement s'ensuivit. Puis un autre. Et encore un. Enfin, l'hilarité devint générale. Seule l'adulte gardait le silence.

Le pauvre Jonathan la tête basse, les larmes aux yeux, était tout penaud de sa demande abracadabrante. Et comme il était courant que les railleries suivent de près les rires, ce fut Floriane, une petite fille gâtée par sa mère, qui lui lança la première :

- Demande la lune tant qu'à faire !

Puis ce fut Lyan, celui-là même qui voulait trouver un livre bien gros sous son sapin :

- Le père Noël apporte des jouets, pas des êtres surnaturels !

- Surtout pas un ange ! rajouta Léa.

- C'est ce que je viens de dire ! rétorqua Lyan.

- Ils habitent au ciel ! Ils ne descendront pas pour toi ! cracha méchamment Germain.

Cette remarque en particulier blessa l'innocent garçon au plus profond de son âme. Celui-ci se mordit la lèvre inférieure pour ne pas pleurer bien que l'envie fut présente.

- Ça suffit ! cria finalement l'institutrice. Où vous croyez-vous ? Est-ce là une bonne manière de se comporter envers un camarade aux attentes différentes?

Le boucan cessa instantanément, bien que les regards et sourires ironiques demeurent.

- Parfait. Alors, Jonathan. Pourquoi « un ange » ?

Relevant la tête d'un geste candide, refoulant courageusement ses larmes, il débita ingénument :

- Maman dit que mon petit frère est un ange quand il dort et qu'il est l'un des plus beaux cadeaux que l'on ait pu lui donner. Du coup, je voudrais un ange qui ressemble à un ange tout le temps, même quand il ne dort pas.

Son discours un tant soit peu niais fit sourire la jeune femme. Les élèves ne jugeaient pas nécessaire de cacher leurs pensées daubeuses. La maîtresse ne comprenait pas l'attitude de ces derniers. La cloche sonna, libérant Jonathan de ses camarades et sortant l'adulte de ses pensées.

*

- Fais le tour du magasin et choisis ce que tu veux mettre dans ta liste au Père Noël, incita Mme Girauld à son fils.
- D'accord, acquiesça Jonathan.

Il courut d'un pas léger dans les rayons comblés de jouets en tout genre. Mais il eut beau chercher, il ne débusqua pas son bonheur. Il chercha partout dans le magasin mais ne put mettre le doigt dessus.

Dépité, il revint vers sa mère avec une certaine expression boudeuse.

- Alors, qu'est-ce qu'il te ferait plaisir ? lui demanda sa mère en le voyant approcher.
- J'ai fouillé partout mais je ne l'ai pas trouvé, répondit-il, désappointé.
- Qu'est-ce que tu n'as pas trouvé ?
- Mais… Un ange !
- Un ange ?

La jeune maman fronça les sourcils. Elle ne s'attendait pas réellement à cette réponse. Certes, leur famille était chrétienne et on lui enseignait le catéchisme, et donc que les anges existaient, mais elle n'aurait pas deviné qu'il s'était mis en tête d'en avoir un.

- Tu es sûr ? Tu ne veux pas autre chose ? tenta-t-elle.
- Nan ! répliqua spontanément le petit garçon.

Mme Girauld retint un soupir. Que faire ? Lui faire comprendre qu'obtenir un servant de Dieu était impossible : il ne voudra rien savoir. Pour lui, quand Dieu était dans ta vie, tout était réalisable, même les miracles. Donc, pourquoi avoir un être de lumière ne serait pas faisable ?

*

Les vacances débutaient à peine et Jonathan était soulagé de pouvoir se reposer tranquillement loin de ses camarades moqueurs. Il avait eu sa dose de remarques désagréables pour au moins toute une vie !

On était l'avant-veille de Noël et comme tous les soirs, et ce depuis deux bonnes semaines, le petit garçon avait ouvert sa fenêtre et priait avant de formuler sa demande à la fois à Dieu et au Père Noël. Dans le salon, ses parents ne savaient pas vraiment quoi faire pour contenter leur fils. Le petit dernier dormait profondément dans sa petite voiture-lit.

- Je ferai une dernière fois les magasins… répéta Mme Girauld.

- Si tu veux. Nous monterons le sapin demain, répondit son mari.

La jeune mère entra dans la chambre de son fils et comme à l'habitude depuis qu'il voulait un être ailé, trouva le petit endormi sur le rebord de la fenêtre. Elle le regarda un petit moment en souriant avant de le coucher, au chaud, dans son lit et de le laisser se reposer en fermant doucement la porte.

*

- Maman ! Maman ! Tu peux m'aider s'il te plaît ? supplia Jonathan.

Le pauvre s'était coincé dans une guirlande dorée en essayant de la porter correctement.

- Tu sais que c'est le sapin qu'il faut décorer, pas toi, plaisanta son père.

- Sauf si c'est toi le sapin cette année, rajouta sa mère en lui enlevant la décoration et en la mettant sur l'arbre de Noël.

Le jeune garçon sourit avant de se précipiter sur les boules, les pains d'épices et les cœurs en pâte à sel, les hosties et les pommes de pins à accrocher sur les branches encore vertes du conifère. Sa famille et lui passèrent deux bonnes heures à garnir le sapin de toutes sortes d'ornements, dans une ambiance des plus joyeuses. Des musiques de Noël se réitéraient encore et encore sur le poste de radio.

- Et voilà le travail ! Comme chaque année, nous mettrons l'Étoile en haut du sapin le matin de Noël ! s'exclama M$_r$ Girauld.

- On demandera à l'ange de le faire ! Il sait voler ! proposa l'enfant, tout content.

Cette fois-ci, la mère lui répondit avec assurance et joie :

- S'il veut bien.

*

- Demain c'est Noël. Je suis sûr que j'aurai un ange ! Enfin, si vous le voulez bien.

Les étoiles se taisaient mais Jonathan savait qu'il était écouté. Il avait assisté à une messe de minuit et avait quand même tenu à faire sa prière habituelle. Sentant le sommeil le gagner, il ferma lentement les paupières.

L'endroit où il se réveilla était tellement lumineux qu'il dut se couvrir les yeux pour ne pas se faire trop éblouir. Ses yeux s'habituèrent petit à petit à la trop grande clarté et il put constater que l'endroit était rempli de nuages blancs, roses, jaunes, oranges, mauves et que le ciel était bleu cyan.

C'était un rêve, donc pas la peine de s'affoler parce qu'il volait, se dit-il. Une silhouette sortit de la lumière et s'avança vers lui. Émerveillé, Jonathan restait bouche bée devant l'apparition.

Devant lui se trouvait un ange, aussi réel que puisse le permettre son songe. Il avait des cheveux blonds presque or, bouclés, qui encadraient son visage parfait. Ses deux yeux bleus observaient avec bienveillance le petit enfant en extase devant son humble personne. Ses ailes étaient teintes d'un blanc immaculé et elles scintillaient telle une étoile. Sa toge blanche comme la neige lui arrivait jusqu'aux genoux, ses manches recouvrant ses bras ne laissant apparaître que des doigts fins. Une auréole dorée flottait au-dessus de sa tête. Il était pieds nus.

- Jonathan, je présume ?

Sa voix était douce, ni trop grave ni trop aigüe. Encore sous le choc, l'intéressé ne put qu'hocher la tête. Ce qui fit sourire l'être aux ailes brillantes.

- L'enfant qui voudrait un ange pour Noël. Je te vois, tous les soirs, à ta fenêtre, les yeux vers le ciel, à prier pour que ton souhait se réalise. Une telle foi ne peut être que récompensée.

S'il ne l'était pas déjà dans sa vision onirique, le jeune garçon serait au Paradis. Un ange veillait sur lui ?

- Il est temps de se réveiller, petit rêveur.
- Mais...

Il ne put finir sa phrase : il émergea au milieu de son matelas, emmitouflé dans ses couvertures.

Ni une, ni deux, il sauta hors de son lit, enfila ses chaussons et accourut au salon où ses parents et son petit frère l'attendaient autour d'un petit-déjeuner.

- Déjà réveillé ? demanda sa mère. Le Père Noël est passé, regarde.

Jonathan acquiesça et s'approcha du sapin où, sous les branches couvertes de décorations, trônaient des paquets tous plus gros les uns que les autres. Jérémy, son petit frère, quitta sa chaise et commença comme son aîné, à déballer les cadeaux. Les parents les regardaient faire, le sourire aux lèvres. Jonathan leur donna leurs cadeaux et replongea au milieu des papiers et boites. Finalement, quand tous les présents furent ouverts, le grand frère dut se faire une raison : le Père Noël ne lui avait pas apporté l'ange tant voulu. Malgré la tristesse qui s'emparait de son cœur, il sourit pour montrer qu'il était tout de même heureux d'avoir reçu des jouets.

- On met l'étoile ? interrogea Jérémy, une nouvelle peluche de lapin dans les mains.

- Bien sûr, confirma Mr Girauld, mais avant…

Il tendit un dernier paquet à son premier fils. Celui-ci s'empressa de le prendre et de le déballer. Il se mit à pleurer de joie quand il découvrit un angelot miniature en soie, le même, trait pour trait, que celui de ses rêves.

La maman, lui fit un câlin avant de le porter.

- Place-le, l'invita-t-elle en le levant le plus possible vers la cime de l'arbre.

L'enfant ne se le fit pas dire deux fois et positionna son présent au rang le plus élevé des guirlandes. Mme Girauld le reposa à terre. Le petit garçon, des étoiles dans les yeux, fixait, avec reconnaissance envers le Seigneur, l'ange sur la pointe de l'arbre, surplombant la salle. Il lui parut, pendant un instant, qu'il lui souriait.

Alors il lui sourit en retour.

Il avait eu un ange pour Noël.

La vallée des oiseaux

par Marie Cousin

L'immeuble rue Victor Hugo à Poitiers, abritait toutes sortes de personnes. Des tziganes au jardinier, en passant par le vieil homme qui ne sortait pas de chez lui. Tout ce petit monde vivait ensemble sans jamais véritablement se côtoyer. Mais la personne la plus surprenante de cet immeuble était sûrement celle logeant à l'appartement treize : le professeur Bérénice Merle.

Le professeur Merle était une ornithologue. Les cheveux blonds en pétard, rapidement coiffés en une queue de cheval, de grandes lunettes lui tombant sur le nez, elle parcourait son bureau à vive allure. Criant à la jubilation, elle fêtait un grand événement tout en feuilletant sans arrêt les documents qui recouvraient le parquet de sa pièce.

Et quel était cet événement ? Bérénice venait de recevoir dans sa boîte e-mail, un message d'un mystérieux et fervent admirateur lui disant qu'il avait aperçu l'Aegyperus Heerachus dans les montagnes des Pyrénées. L'Aegyperus Heerachus ou chanteur des montagnes était un oiseau dont le professeur soupçonnait l'existence et qu'il recherchait depuis maintenant sept ans.

Il possédait un double plumage très chaud, dans les tons bruns, si bien qu'il ne supportait pas l'été et migrait à cette période-ci pour se rendre dans les froides montagnes. Ses œufs étaient petits, de forme ovale, dont la couleur variait du rose nacré au fuchsia. Il possédait un bec effilé mais crochu au bout, ce qui lui permettait d'attraper plus aisément les insectes et surtout les vers de terre dont il se nourrissait. Globalement, ainsi était le chanteur des montagnes.

Alors sans attendre, elle envoya un message à l'inconnu pour lui annoncer qu'elle allait lui rendre visite et fit sa valise en vitesse pour partir en train là-bas.

Dans les vallées des Gaves, au pied du Pic de la Saguette s'étendait un village. Et au-dessus de ce village, un petit chalet de berger veillait en solitaire parmi les vastes étendues d'herbes et de rochers. C'était là que se rendait le professeur Merle. Quel n'était pas son étonnement quand les villageois lui désignaient cette baraque complétement perdue lorsqu'elle leur montrait l'adresse de l'admirateur. Mais d'un autre côté, c'était un lieu parfait pour classifier des oiseaux en toute tranquillité après les avoir étudiés dans les sommets.

Bérénice s'avança sous le porche de la cabane et toqua. Un instant passa avant qu'on ne lui ouvre. Un petit garçon aux cheveux bruns, avec quelques taches de rousseur et l'air souriant et malin des aventureux la dévisagea. La jeune femme lui demanda alors avec gentillesse :
-Dis-moi petit, connaitrais-tu un certain Jacques Laval.
-Oui. Lui répondit-il d'un ton enjoué.
-Pourrais-tu aller le chercher pour moi ?
-Il est juste devant vous.
Bérénice resta interloquée. Elle regarda partout autour d'elle, dans la maison. Puis son regard se posa sur le petit garçon :
-Ce n'est tout de même pas toi.

-Mademoiselle Merle je présume ? Dit-il sur un ton solennel mais en se retenant de rire.

-Ce n'est pas possible...

-Entrez donc je vous prie.

Et il la laissa passer tout en s'inclinant et en faisant de grands moulinets avec ses bras.

Stupéfaite, l'ornithologue entra dans la petite habitation. Jacques la fit s'assoir sur un banc devant une imposante table en bois massif et alla ensuite préparer du thé.

Bérénice jeta des regards partout autour d'elle, mais elle réfléchissait plus qu'elle n'admirait la décoration rustique du chalet. Le garçon était-il vraiment son mystérieux admirateur? Cela était probable puisqu'ils n'avaient jamais discuté que par messagerie. Mais se pourrait-il qu'il ait véritablement vu le chanteur des montagnes ?

Jacques s'assit devant le professeur et glissa vers elle une tasse fumante. Elle s'exclama sans attendre :

-Petit, as-tu vraiment vu le chanteur des montagnes ?

Le petit garçon cligna des yeux avant d'éclater de rire.

-Qu'y-a-t 'il ? S'enquiert-elle.

-Votre oiseau, répondit-il entre deux hoquets, il n'existe pas !

-Comment ça ?

-J'ai cherché partout et puis même, des œufs rose fuchsia, une migration en été... C'est complétement insensé !

-Je vois...

Bérénice se leva d'un coup faisant cesser les rires de l'enfant. Puis elle s'en alla, profondément vexée d'avoir ainsi été insultée par un garçon qui ne devait pas avoir plus de neuf ans.

-Tu m'as fait perdre mon temps gamin ! Gronda-t'elle.

Mais alors qu'elle sortait, Jacques se précipita pour la retenir.

-Non attendez, ne partez pas !

- Laisse-moi petit ou je vais me plaindre à tes parents !

-Des parents je n'en ai pas, souffla l'enfant, je vis avec mon grand-père depuis qu'ils sont morts. Mais en ce moment grand-père est avec les moutons au sommet des collines donc je suis tout seul.

Ces paroles eurent pour effet d'adoucir instantanément la jeune femme. Elle lui dit en lui effleurant les cheveux :

-Je suis désolée, je ne voulais pas...

-Je vous en prie Mademoiselle Merle, apprenez-moi les oiseaux !

-Comment ?

-Je veux tout savoir sur eux !

-Je veux bien mais...

Elle n'eut le temps de terminer que le petit garçon la tirait soudainement par le bras, avec un nouveau sourire aux lèvres. Il courut dans les grandes montées vertes derrière la cabane entraînant toujours derrière lui le professeur. Ainsi, ils suivirent un long chemin accidenté que seul le petit garçon devait connaître puisqu'aucun sentier n'était tracé. Plusieurs fois, elle lui demanda où ils allaient, mais jamais il ne lui répondit. Elle finit par se plaindre :

-J'en ai assez, ça fait sûrement des heures que nous marchons et que nous grimpons J'ai besoin de faire une pause !

-Encore un petit effort, nous sommes presque arrivés.

Ces paroles éveillèrent de la curiosité chez la jeune femme et elle grimpa la dernière pente pour rejoindre l'enfant. Elle resta bouche-bée.

Il se trouvait sur un plateau surplombant une vallée. En contre-bas, un immense lac brillait sous le soleil, ses reflets dorés créant comme un ciel étoilé. Tout autour, des montagnes grandes et petites, vertes et grises, se collaient les unes aux autres. Les pics des plus lointaines disparaissaient même parmi les nuages.

Soudain, une masse noire fusa devant eux. Puis une deuxième et une troisième. Des dizaines de ces créatures se déplaçaient sur l'eau, dans les crevasses ou dans les airs. C'était des oiseaux. Leurs splendeurs remplissaient l'ornithologue d'émerveillement. Le petit montagnard s'exclama :

-Bienvenue dans la vallée des oiseaux ! C'est mon endroit secret. Je voulais vous faire venir ici pour que vous m'appreniez tout sur tous ces oiseaux que j'aime.

-C'était ton vrai but, comprit Bérénice, mais alors pourquoi m'avoir menti au lieu de tout simplement me dire que tu voulais apprendre à connaître les oiseaux de cet endroit ?

-Je ne sais pas trop. Peut-être parce que j'avais peur que vous ne vous intéressiez qu'au chanteur des montagnes.

-Tu as tort Jacques, lui répondit-elle avec douceur, je les adore tous !

Après ceux-ci, Bérénice s'installa dans le chalet et, pendant une semaine, elle et Jacques observèrent et étudièrent les oiseaux de la vallée. Un jour alors que les réserves du chalet commençaient à sérieusement baisser, l'ornithologue alla faire des courses au village en contre-bas. Quand elle revint, elle trouva la porte entrouverte. Inquiète, elle entra en silence. Elle vit un vieil homme avec une grosse barbe, des yeux brillants de malignité comme

ceux de Jacques et les traits tirés par la fatigue. Soudain, il se tourna vers elle et lui dit d'une voix puissante :
-Alors c'est vous, Bérénice Merle !
La jeune femme sursauta, manquant de s'écrouler par terre.
-Ne restez donc pas là sur le porche, entrez.

Toute tremblante, l'ornithologue entra dans la cabane et s'assit devant le vieil homme. Un long silence pesant s'instaura. Bérénice était gênée et anxieuse. Soudain le vieillard rompit la gêne en disant simplement :
-Je suis le grand-père de Jacques.
La jeune femme hocha la tête, elle s'en doutait bien. Il poursuivit :
-Vous avez fait des courses.

Elle jeta alors un regard au panier plein à craquer à côté d'elle et se précipita pour aller ranger les éléments, lui permettant ainsi de tourner le dos au regard perçant du berger. Soudain il dit d'un ton bourru :
-C'est gentil de votre part.
Ces paroles eurent pour effet de détendre l'atmosphère.

Voyant que le vieil homme ne souhaitait pas l'effrayer, Bérénice se sentit plus à l'aise et elle lui demanda comment se faisait-il qu'il la connaisse. Le berger lui expliqua que Jacques ne cessait de lui parler d'elle depuis leur premier message sur un forum et comme les premiers jours de son séjour elle ne se levait pas très tôt, il venait le voir pour tout lui raconter. La discussion se tourna alors vers Jacques.

Celui-ci avait toujours été proche des oiseaux. Sa mère était ornithologue et son père était l'un des gardiens du parc national. Malheureusement, ils sont décédés il y a deux ans, en voulant sauver un nid de gypaètes barbus dans un incendie. Le choc avait été terrible puisqu'ils avaient toujours bien pris soin de leur fils.

-C'est vraiment triste. Soupira Bérénice la gorge nouée.

-Oui mais le petit gars a été sacrément courageux ! Les premiers jours, il a pleuré comme n'importe quel gamin de sept ans et puis, il s'est empressé de sourire et de poursuivre sa vie. Jamais il n'en a voulu aux oiseaux, ni à la vallée de lui avoir pris ses parents.

-Il est vraiment courageux.

Elle eut un sourire. Soudain, la jeune femme regarda l'heure en fronçant des sourcils et s'enquit :

-En parlant de lui, il ne devrait pas être rentré ?

-Où est-il ?

-A la vallée des oiseaux. Nous nous sommes séparés à huit heures et habituellement il est rentré à midi. Or, il est déjà quinze heures.

Le vieil homme s'inquiéta à son tour. Les deux adultes se hâtèrent de rejoindre la vallée des oiseaux et là-bas, ils commencèrent à chercher l'enfant. Soudain, un cri d'horreur de Bérénice retentit. Elle avait trouvé le petit garçon, saignant à la tête, d'une pâleur extrême, les membres disposés d'une manière étrange, sur un rocher quatre mètres en-dessous du plateau. Quand le berger l'eut rejoint, ils appelèrent aussitôt les secours. Ceux-ci arrivèrent très vite et le petit garçon encore évanoui fut emmené par hélicoptère dans l'hôpital le plus proche.

Heureusement, Jacques s'en sortit avec juste quelques points de suture, et un plâtre. Les jours suivants, il reprit très vite des couleurs mais ne put sortir de l'hôpital qu'un mois plus-tard. Dès qu'ils purent, son grand-père et Bérénice lui rendirent visite. La jeune femme s'était alors jetée au cou du petit garçon, des larmes coulant encore sur ses joues.

-Mon dieu Jacques, que s'est-il passé ?

L'enfant lui répondit en toute insouciance :

-J'ai vu un aigle royal ! Il était si proche ! J'ai tendu la main pour le caresser mais il a reculé. Je n'avais pas vu que j'étais au bord alors je suis tombé.

-Tu nous as fait tellement peur !

Elle resserra son étreinte. Le berger lui, baissa la tête. Jacques paraissait réfléchir. Soudain, il entoura la nuque de la jeune femme de ses petites mains et lui chuchota à l'oreille :

-Dis, tu veux bien être ma deuxième maman ?

Bérénice ne bougea pas, surprise. Mais elle finit par sourire et lui répondre :

-Je serais toujours là pour toi, Jacques.

Ainsi, l'ornithologue s'installa définitivement dans le chalet. Jamais elle ne regretta sa décision. Quant au chanteur des montagnes ? Elle l'avait déjà oublié et ne se préoccupait plus que des splendides oiseaux que les Pyrénées lui offraient, tout en s'occupant de son fils avec son grand-père, même si ce n'était qu'une famille adoptive.

Gamin

par Magali François

Longtemps, on m'a appelé « gamin ».

J'y pense encore aujourd'hui alors que mes cheveux ont blanchi et que c'est à mon tour d'appeler affectueusement « gamin » mon petit-fils en ébouriffant sa tignasse rousse.
Une émotion m'envahit soudain.

Je revois avec nostalgie ces dimanches après-midi où mes grands-parents m'emmenaient jusqu'au village voisin rendre visite à mes arrières grands-parents. Outre la joie de savoir qu'une croustillante tarte aux mirabelles m'attendait, je savais que le voyage se ferait dans leur Peugeot 201, ce qui me remplissait d'excitation.

« Regarde Papy, sur la caisse d'oranges il y a écrit « *gamin* », comme moi ! C'est marrant ! »
Je souris en repensant à ma jeunesse envolée, sur les bords de l'Argonne.
Mes souvenirs affluent.

Je suis né à la saison des mirabelles et mes cheveux sont dorés comme leur peau. On dit toujours qu'il n'y a jamais de soleil par chez nous, que tout est triste comme ces cimetières qui s'étendent à perte de vue. Le soleil n'est pas dans le ciel, il est dans nos arbres. Des centaines de petits soleils que j'adorais cueillir pour les dévorer ensuite.
On ne s'épanchait pas trop par chez nous. Chez nous, c'était à Dombasle, en Argonne bien sûr. Les câlins, les marques d'affection étaient pour ceux de la ville, ceux de

Verdun. Alors « gamin », vous pensez bien que j'en étais fier. C'était mon oncle, le frère de mon père, qui m'appelait comme cela. Il faut dire qu'il était presque devenu quelqu'un « de la ville ». Il travaillait à la Poste et avait quitté très tôt la ferme familiale.

Lorsque j'allais voir mon oncle, à la ville, je mettais mes beaux habits du dimanche : culotte à bretelles et souliers vernis. J'aimais bien aller chez lui. Nous passions devant Les Coopérateurs de Lorraine, place Chevert, de l'autre côté de la Meuse, comme une pincée d'exotisme au milieu des façades grises. La « coop », où travaillait ma grand-mère, toujours les mains occupées et qui trottinait sans relâche comme une petite souris entre les rayons.

Nous longions le quai de Londres. Je m'amusais devant les maladresses des canetons et essayais de compter les poissons effrayés par les péniches. Regarder couler la Meuse me fascinait, moi qui étais plus habitué aux champs et aux pâtures. Ce quai de Londres dégageait alors un parfum d'aventures. Je partais en voyage au fil de l'eau et m'évadais à bord des bateaux amarrés à quai pour vivre de palpitantes et extraordinaires histoires de pirates.

Pour pénétrer dans le cœur de la ville, nous passions entre les murs épais de la porte Chaussée. Cette bouche géante me conduisait vers les entrailles de la cité, comme un passage secret qui m'aurait guidé jusqu'à un trésor. Je traversais la réalité et découvrais ainsi un autre univers où le monument de la Victoire devenait une pyramide inca du haut de laquelle le soleil brillait de mille éclats.

Cela sentait toujours la soupe chez mon oncle. Sa femme, que nous appelions pompeusement « tante Jeanne », ne savait cuisiner que cela. A chaque fois que nous allions y déjeuner, elle nous lançait, d'un air satisfait, dès notre arrivée : « J'ai fait une bonne soupe. Vous êtes contents, hein ? Vous aimez ça la soupe ! » Nous répondions d'une petite voix un « oui » plus poli que convaincu. Heureusement, en dessert, il y avait en général de la tarte aux mirabelles. L'unique dessert qu'elle maîtrisait, les tartes ou plutôt les galettes, comme on dit par chez nous.

Aujourd'hui, lorsqu'il m'arrive de retourner au village, j'ai toujours un petit pincement au cœur. Dombasle n'est plus le bourg vivant et animé que j'ai connu et aimé. Il est devenu un village dortoir anonyme, dans lequel seule une boulangerie parvient à subsister. Les éclats de rire des femmes ne s'échappent plus du lavoir et aucun enfant ne s'amuse sur la place de la mairie.
Seules, trois ou quatre vieilles, habillées de noir et le regard éteint, arpentent ses rues pour se rendre à l'église ou au cimetière.
Quelques rares automobiles ont remplacé les vaches.
Lorsque je vivais à la ferme, j'avais appris à traire. Enfin, je m'exerçais surtout sur Jacqueline et Marguerite parce qu'elles étaient les plus gentilles et ne donnaient jamais de coup de pied.
Parfois, l'après-midi, en rentrant de l'école, je les rejoignais au pré puis je les ramenais tout seul à l'étable. Elles connaissaient le chemin par cœur et le bâton que je tenais dans ma main droite me servait plus à jouer les durs qu'à leur faire peur.
J'étais tellement fier de marcher en leur compagnie dans la grande rue qui traversait le village. Je gonflais la poitrine et redressais les épaules en prenant un air important. Je saluais d'un signe de tête hautain les commères qui

bavardaient au lavoir puis passais devant la maison de ma grand-mère en lançant des « hue » aussi tonitruants qu'inutiles.

J'aimais boire le lait juste après la traite, alors qu'il était encore tout chaud et bien crémeux. Parfois, lorsque j'accompagnais ma grand-mère à la traite du soir, j'avais droit à mon bol de lait et je ressortais de l'étable décoré de moustaches mousseuses. J'étais heureux au milieu d'une campagne aux souvenirs sanglants. Je respirais l'odeur des foins, de l'herbe mouillée après la pluie, des bêtes et ne connaissais pas de bonheurs plus intenses.

Excepté peut-être ce dimanche de kermesse au village où j'avais remporté le concours de chant et gagné un livre avec de belles images en couleur. J'avais interprété « L'eau vive », de Guy Béart. Qu'est-ce que j'étais fier ce jour-là, et les suivants, d'exhiber mon prix.

Chaque matin, mon premier travail avant de partir à l'école, était d'aller nourrir les lapins et ramasser les œufs. J'essayais de ne pas les casser, tout excité que j'étais en pensant qu'ils serviraient à la préparation d'un tôt-fait qui m'attendrait, tout chaud, pour mon goûter.

L'après-midi, après l'école, je faisais un détour pour rendre visite à Flicka. C'était une jument de race ardennaise, plus toute jeune, à la robe baie brun. J'adorais sentir son mufle chaud dans mon cou et caresser son poil doux que je brossais avec application. Je ne rechignais jamais à nettoyer son box ou à curer ses sabots. Il me semblait qu'elle m'attendait patiemment, après-midi après après-midi, à moins que ce ne soit la carotte ou le sucre caché au fond de ma poche. Parfois, j'avais le droit de monter sur son dos lorsqu'elle rentrait des champs. Je me cramponnais à son collier et, du haut de son mètre soixante-cinq, je devenais le roi du monde.

Pour elle, j'avais commencé une cagnotte dans une belle boîte à biscuits en fer blanc.

Tous les jeudis, j'allais fièrement travailler chez le notaire du village. Je ramassais, rentrais son bois et effectuais quelques diverses et menues réparations. Cela m'aidait à gagner quelques sous.

En fin de semaine, je comptais la fortune qui me permettrait, un jour prochain, de pouvoir acheter Flicka. J'en étais même arrivé à me priver des crêpes chaudes et fondantes de la mère Cassière pour économiser quelques centimes supplémentaires.

On se moquait de moi. Flicka, aussi belle et douce était-elle, restait un outil de travail pour son propriétaire même si, en 1940, c'était sur son dos que la famille avait connu l'exode.

Sur le buffet de la salle à manger, une vieille photographie dans un cadre piqué montrait le départ pour le « grand ouest ». Des femmes aux visages tristes dissimulés sous des fichus noirs. Des hommes aux traits graves et aux regards durs. Au milieu, Flicka, couverte de sacs et deux jeunes enfants sur son large dos.

Chaque soir, j'observais ma grand-mère devant ses fourneaux. Je l'aurais regardée cuisiner pendant des heures, sabots aux pieds.

Elle faisait les meilleures frites du monde, rôties dans la graisse de canard, sur une vieille cuisinière à bois. Il y avait toujours une agréable odeur de cuisine chez elle, toujours quelque chose qui mijotait ou sortait du four et, même le soir, je m'endormais dans l'odeur de gâteau.

Ma grand-mère : un chignon tout blanc, un tablier noir, des joues ridées comme des vieilles pommes dans lesquelles j'aimais planter une bise bruyante, sans raison particulière, et une odeur de lavande qui l'enveloppait comme pour mettre un peu de chaleur dans un cœur fatigué d'affronter la vie. Elle avait traversé avec courage bien des malheurs. Chaque dimanche, après la messe, elle se rendait au cimetière afin de déposer quelques fleurs du jardin sur la tombe de ses chers disparus. Un fils, des parents puis un époux. Mais elle n'avait jamais baissé les bras et m'offrait jour après jour cet amour dont elle débordait encore.

Mon lit était dans la cuisine, séparé de la table par un épais rideau. Il était très haut avec une couette très épaisse et un crucifix juste au-dessus. Je devais faire ma prière tous les soirs, après m'être brossé les dents, avant de m'endormir. Lorsque je me glissais entre les draps, le lit était glacé malgré la bouillotte et je n'osais plus bouger. Il faisait très froid par ici et, certains soirs, je pensais aux soldats qui n'avaient pas eu de couettes dans les tranchées. Ces souvenirs me rendaient triste alors, pour me consoler, je serrais très fort dans mes bras, « Jacky », mon ours en peluche à la fourrure grise et frisée. Ses yeux tendres me réconfortaient toujours.

Ainsi, pour moi, l'Argonne n'était pas synonyme de batailles et de tueries mais d'insouciance et de douceur.

Je suis devenu historien.

Reprendre la ferme, j'y avais songé mais ma mère et ma grand-mère ne voulaient pas. Elles souhaitaient une meilleure situation pour leur fils et petit-fils unique. Elles s'étaient sacrifiées pour me payer des études.

Cependant, je n'ai jamais oublié mes racines : ni l'odeur de la terre après la pluie, ni le goût un peu acide des mirabelles pas tout à fait mûres.

Alors, historien, ça m'a plu. J'ai pu rendre hommage à ce pays qui a fait de moi un homme et qui est si mal aimé. J'ai pu raconter ces campagnes empreintes de gravité. J'ai expliqué ces cimetières si bien ordonnés, ces croix à la forme particulière.

Auzéville au célèbre lavoir gardien de bien des secrets. Fleury, qui jamais ne renaquit de ses cendres. Montfaucon et son imposant monument américain. Douaumont et sa colossale ossature. Longwy et ses émaux qui font le bonheur des collectionneurs. Verdun, à la fois symbole de l'horreur et de la paix.

Et, bien sûr, Dombasle-en-Argonne, témoin de tous mes meilleurs souvenirs de jeunesse, de mes rires d'enfant et de mes premiers chagrins d'adolescent.

Jour après jour, je racontais l'histoire de cette région, ses heures sombres et ses moments de gloire.

J'ancrais son passé dans les mémoires et faisais découvrir ses richesses cachées.

Cette région cosmopolite est riche d'un patrimoine culturel et historique dépositaire de son triste et célèbre passé.

J'ai toujours accordé une très grande importance à la mémoire transmise par les ancêtres et je demeure persuadé que seule l'empreinte du passé dans le présent peut construire un futur qui ne commettra plus les mêmes erreurs.

Aujourd'hui, je coule des jours heureux dans une propriété au milieu de la campagne lorraine.

A chaque vacance scolaire, « mon gamin » vient passer quelques jours avec moi à la ferme et je retrouve, à son contact, les plaisirs de mon enfance.

Lorsque je regarde ce petit bonhomme roux rire aux éclats en courant après les poules ou caresser la robe de mon unique vache, je me dis que rien n'a changé et que l'histoire n'est vraiment qu'un éternel recommencement.

Parfois, il m'arrive encore d'entendre la voix de mon oncle m'appelant « gamin », le son de la cloche de Marguerite ou de sentir la délicieuse odeur des madeleines encore chaudes

Lorsque je me laisse tenter, assez facilement je l'avoue, j'emmène le « gamin » à Commercy pour respirer un des multiples parfums de mon enfance J'ai, en guise de porte-clés une petite vache bleue et souriante. Elle était accrochée au paquet de madeleines que j'avais acheté lors de ma dernière visite au magasin d'usine. Regarder cette vache au regard rieur me replonge instantanément dans mon passé.

Lorsque cette enfance tellement heureuse vient à me manquer, je pars en compagnie de ma chienne Flicka et, des souvenirs plein la tête, je marche vers les champs dorés, là où le futur se construit avec la terre et le sang du passé.

J'ai souvent l'impression que l'histoire de cette campagne se confond avec la mienne et que nos mémoires se fondent l'une dans l'autre pour transmettre nos valeurs communes.

Inventer une fiction ? L'histoire de ma région se suffit à elle-même et il m'a semblé important de vous transmettre mes souvenirs.

Je suis désormais en paix avec moi-même, nourri de la force de mes ancêtres. Je suis heureux.

La vierge noire

par Alice Marini

Non loin du Duché de Savoie, aux portes de Nice, suite à plusieurs calamités : épidémies, conflits, peste noire, guerre de bandes, comme partout ailleurs, une grande partie de la population fut décimée.

Biot se retrouvant en zone frontalière, les maisons furent détruites par la soldatesque, et devint un repaire de brigands et une base pour les corsaires qui infestaient la côte.

Les villageois épargnés allèrent se réfugier au lieu-dit de « la Garde » près de Villeneuve où s'élevait une tour de pierre surmontée d'une statue de la vierge.

Peu de temps après, pour des raisons stratégiques, la reine Marie d'Anjou, ordonna la destruction de la tour de la Garde, les occupants durent s'établir ailleurs, dans d'autres villages.

Le roi René put constater la désolation sur ses terres, de ce fait, les seigneurs furent privés de leurs ressources. Après plusieurs années, il envoya un émissaire de l'autre côté des Alpes, du Piémont jusqu'en Ligurie. Il favorisa l'installation de volontaires : des paysans et des artisans. Le comte de Provence fait venir, également, plusieurs familles pour repeupler Biot. Ils arrivèrent de la vallée d'Oneille.

Le roi René avait concédé, à des personnes qui voulaient cultiver et résider à Biot, des exonérations de taxe, des autorisations de tenir commerces, la permission de relever les ruines, d'édifier fours, moulins, de tenir les terres, de pêcher en mer en partant du littoral de Biot.

Alléchées par autant d'avantages, environ cinquante familles acceptèrent l'immigration. Leur vie était tellement misérable en leur province, et les enfants si nombreux.

Après de longs préparatifs pour un périple incertain, en convoi, les familles empruntèrent des chemins mal aisés. Certaines avaient choisi de suivre la côte et d'autres, les pistes escarpées de montagne, taillées à même la roche. Ils passèrent par les chemins du sel, un sentier de muletier. À pied, et à dos d'ânes ils transportaient leurs espoirs : des pieds de vigne, et jeunes oliviers, la promesse d'une culture florissante, quelques chèvres, poules. Leurs bien maigres trésors.

Dans des conditions difficiles, le voyage durera presque une année. Passant par le col de Corne (appeler aujourd'hui col de Tende), luttant contre les meutes de loups affamés, les malfrats, le froid, la faim et l'épuisement …À chaque étape un magistrat de santé était chargé de surveiller l'état sanitaire des voyageurs et des marchandises. La peste noire inspirait une telle terreur que tous évitaient d'en prononcer le nom.

Les Agostini, originaires de la plaine du Pô, à travers le Piémont, venaient rejoindre un cousin. Celui-ci n'était pas avare d'éloges pour vanter les bienfaits que concédaient les seigneurs du lieu.

Le père de famille était cordonnier et la mère experte en tannage de peaux des petits animaux dont elle confectionnait des gants. L'ainée des enfants, Josépha, savait mélanger les herbes aromatiques, les fleurs sauvages pour créer les « Odorantes », ces eaux parfumées. Elle s'en servait en fumigation pour protéger sa famille. Les odeurs étaient considérées comme vecteur et moyen de lutter contre la peste et la prévention des épidémies. Dans ses bagages, son précieux chargement, « des tubéreuses ».

Les autres enfants, selon leur âge, se rendaient utiles pour divers travaux.

Lorsque les familles arrivent à destination, le noble Bertrand Toussaint est chargé d'installer les nouveaux habitants, il a fait la promesse d'être leur protecteur. Les coseigneurs leurs cèdent maisons en ruines et terres incultes.

Cette nouvelle vie s'organise. Proche de l'église Sainte-Marie qui avait été dévastée par des soudards, un reste d'une maison sur deux étages fut attribué à la famille Agostini. Au rez-de-chaussée, le cordonnier pourrait ouvrir son échoppe. Des planches transformées en table ou en étagères tiendront lieu de meubles. Les chambres aménagées avec des paillasses garnies d'algues séchées. Personne ne se plaint.

Solidaire, tous les nouveaux « Biotois » s'unissent pour redresser les ruines du village. Les remparts étaient reconstruits avec leurs trois portes : la haute, la basse, et mitan. En pratiquants croyants, des volontaires proposent de redonner au lieu de culte toute la splendeur qu'il mérite. Ils ont bien besoin de l'aide du Bon Dieu pour s'implanter sur cette terre. Les maçons reconstruisent, les peintres blanchissent de chaux les murs. Un hospice ouvre ses portes aux nécessiteux, aux malades. Les habitants prennent en charge son fonctionnement. Les rues sont pavées en mosaïque de galets ronds ramassés au bord de mer.

Et pour regagner sur les parcelles devenues friches, ils déboisent pour agrandir les terres arables. Peu à peu s'effacent les traces d'abandon et de désolation. Les paysans bêchent, sarclent, et se réjouissent de la future récolte.

L'artisanat s'épanouit, d'autres échoppes s'ouvrirent: celles de poterie, fabrication de jarres en terre cuite d'une argile de qualité.

Le généreux soleil, le son des cloches rythmaient les journées de dur labeur.

Les familles s'organisent en communauté, pour traiter avec les seigneurs du lieu (les chevaliers de Malte). Les paysans sont tenus dans une étroite dépendance vis à vis du seigneur et des gens de justice (la robe).

Dans la famille Agostini, lors de ses promenades, Josépha découvre de nouvelles essences, de nouvelles plantes dont elle concocte de capiteux parfums, en les mélangeant avec les fleurs de tubéreuses, amoureusement cultivées dans le minuscule lopin de terre à sa disposition. Ces fleurs qu'elle avait ramenées avec ses hardes, cachées dans les plis de son châle, étaient les souvenirs de son enfance, la senteur et l'accent de son village natal.

Elle emploie des tiges de saponaire, cette plante à fleurs rose et bleu pâle, servant de savon, ainsi qu'à assouplir, alors que les anciennes du village utilisaient la cendre placée au fond du cuvier. Ce qui donnait une odeur tenace à la lessive que l'eau de la Brague ne parvenait pas à diluer. Josépha leur montre un secret : broyez les rhizomes d'iris qui donnent un effluve agréable aux draps. Son frère

Gilberto, embauché par des pêcheurs, ramène souvent les poissons invendables, parce que trop petits ou écorchés, mais bien appréciés par les nombreuses bouches à nourrir. Avec lui, dans le logis, entrent les senteurs du large, le sel et le varech. Parfois, il offre à sa sœur un bouquet de genêts, aux fleurs jaune d'or et délicieusement odorantes. Vite, elle s'empresse d'en faire bon usage. La variété de fleurs sauvages lui permit d'aller plus en avant dans ses préparations : avec du lavandin, romarin, le myrte, fleur de bigaradier. Sa renommée étant grandissante, la clientèle vient de loin.

La mère, Maria, parcourt la garrigue, les talus, les futaies, pour poser ses pièges. Les mulots, les martes, les renardeaux... tout ce qui portait fourrure et pouvait être tanné. Pour cela elle procède avec de l'urine et des excréments de la chèvre. L'inconvénient est une odeur âcre, persistante. Un bain dans les décoctions parfumées, améliore la senteur.

Le père ne manque pas de travail avec tous ses enfants. Sans argent, les villageois avaient mis en place un système de troc. Une paire de savates contre des pommes de terre, ou d'autres légumes. Et la famille s'agrandit, des jumeaux venaient de naître.
Ce grand bonheur pour eux fut suivi de jalousie à cause de leur réussite dans leur commerce.

L'ammoniaque de l'urine fait pincer le nez, les plaintes du voisinage pas complaisant, deviennent source d'âpres négociations. Les ennuis ne cessent de s'accumuler.

Gilberto, fut accusé d'avoir, sans l'autorisation de son patron, pêché dans les eaux réservées au monastère de Lérins. Une faute grave sanctionnée par son renvoi.

De multiples petits larcins étaient commis dans les ruelles du village et la nombreuse fratrie, désœuvrée, fut « le bouc émissaire ». Dès qu'une poule disparaît, dès que des fruits manquaient sur l'étal de la fruitière... les enfants Agostini étaient désignés de façon désobligeante : traîne-savate, sale môme, voleurs.

Un procès, à l'encontre du père avait été fait par des savetiers de Grasse, au motif de concurrence déloyale, pour avoir ressemelé et accommodé sans rémunération des vieux souliers de parents. La robe (la justice) fit procéder à une saisie d'outils dans sa boutique.

Telles les feuilles mortes qui tombent, une après l'autre, les rumeurs se succèdent.

Josépha pratiquait des fumigations d'eucalyptus ou de citronnelle, enfin d'éloigner les moustiques et autres insectes nuisibles. A chacun de ses déplacements, elle fut huée, conspuée. Elle n'était pas loin l'envie de la brûler comme sorcière. Son crime était de savoir lire les recettes dans les vieux grimoires des apothicaires. La colère sans raison, la haine aveugle n'épargnent pas la mère. Sa production de gants, subitement, devient suspecte : si les chats du quartier disparaissaient, c'est que la mère les piégeait et tannait leur peau. Les peaux nauséabondes pendues dans la cave sont comme une preuve.

À leur passage, c'était un bourdonnement de paroles blessantes, des quolibets, puis quelques menaces à peine déguisées.

Il était dit : la famille n'est pas assez croyante, le père Agostini ne fréquente que très rarement le service religieux, le rester de la famille se tient au fond de l'église, de peur d'être trop près de Dieu.

Comble de malheur, une énième épidémie refit des morts.

Le pas est franchi : Les Agostini, tous autant qu'ils sont, ont pactisé avec le diable. Les jets de pierres sur leur logis et les hurlements sous leurs fenêtres, jour et nuit, terrorisaient grands et petits.

Dans le village, personne ne se prive d'affirmer, haut et fort : « Le retour de la peste, ils l'ont fait venir. Les vermines que la femme ramasse sont porteuses du mal de Satan. Les fumées sortant de la boîte de la fille sont un appel aux forces démoniaques... »

Les paroles vinrent jusqu'aux oreilles du protecteur Bertrand Toussaint. Il était urgent de faire cesser la révolte des braves gens.

Un matin, les soldats du Comté les prièrent de faire place nette, de déguerpir sans tarder. Nul ne voulait de cette graine malfaisante.

Ils n'eurent pas le loisir de se défendre. La sentence est tombée : l'exil.

Consternés, abasourdis, anéantis, ils ne pouvaient reprendre le chemin de leur pays. Là-bas ils n'avaient rien, ici ils venaient de tout perdre : le cordonnier n'avait plus d'outils, les gants, les peaux brûlés, les fioles, les onguents, les parfums jetés à la Brague.

Le cousin les aide à récupérer le peu qu'il leur restait. La charrette les mena vers un endroit que la mère connaissait sur les chemins environnants, où ils pourraient reprendre des forces. Un ruisseau y coulait abondamment, une demi-ruine, les abriterait.

Cette terre appartenait au comte de Villeneuve, dont le cousin dépendait : il est un des jardiniers du château. Une demande avait été faite pour occuper une masure pas loin de la tour de Garde en ruine dont il restait les créneaux et la statue de la sainte. Ils ont obtenu l'autorisation de cultiver, d'y mettre poules et lapins. Ils seront attachés à la glèbe (terre cultivée).

Après une longue marche, ils purent s'installer pour la nuit. Les petits pleuraient de fatigue et de faim. Les adultes faisaient taire les mauvaises pensées qui trouaient l'âme.

Le soleil bas sur l'horizon dessinait le contour de la colline et découpait sur le ciel rougeoyant la masse sombre de la tour.

Elevée en signe de dévotion lors des fortes épidémies de peste, dépassant des murs couverts de lierre, la statue de la vierge semblait tendre ses bras vers les bannis. Ses yeux de pierre souriaient de bienveillance. Était-ce là un bon présage ?

Josépha murmura pour elle-même : Tu seras ma protectrice, tu nous as sauvés de la noirceur des gens de peu de compassion. Tu as éloigné de nos chemins la peste noire.

Une tige de tubéreuse contre son cœur, Josépha ressentit un apaisement, une grande émotion. Maintenant je sais que tout ira bien.

Les générations suivantes, et encore aujourd'hui donnent à ce lieu, chargé d'histoire, l'appellation : « La Vierge Noire ».

Loin du bruit des épées

par Maïté Rochas

Afin de faire triompher leur Foi respective, les sujets du Roi très chrétien et le camp des Réformés se livraient à d'incessantes guérillas.

Les courtes périodes d'accalmie, les années d'apaisements, que beaucoup souhaitaient définitives, étaient mises à profit : à *Maraize* la consolidation des murs d'enceinte du domaine *Leschaux*. Le relevé des ruines de la chapelle Saint-Bruno à *Rivet,* par le seigneur Balthazar Arnaud. Des notables firent bâtir des temples : à *Orpierre, La Piarre,* où s'installaient les nouveaux adeptes de la Réforme. Pour endiguer les incursions des soudards, pillards, « routiers », et renégats de tous bords, étaient renforcés les citadelles, les remparts, les maisons fortes.

Devant la fuite des catholiques vers l'enclave des Papes et l'exil des Réformés pour le pays de Luther, redoutant d'asseoir son pouvoir sur un vaste désert de pierres, le bouillant protecteur des Huguenots, le pragmatique lieutenant général François de Bonne, à l'intérieur du territoire qu'il administrait en habile stratège, œuvra pour faciliter la liberté de culte et de conscience de chacun : Hérétiques et Papistes associés.

La paix publique favorisait les intérêts de tous.

Sur le promontoire de *Pymore,* l'exécution des travaux d'agrandissement d'un bastion   fortifié fut confiée au maître-d'œuvre catholique, l'architecte Antoine Brunet.

Orphelin de mère et fils unique, Gaspard, 14 ans, était

l'apprenti de son père, Philibert Lambert, tailleur de pierres Huguenot.

Les qualités d'éveil, de maturité du garçon, avaient été observées par l'architecte. Il en avait conclu que le jeune débutant devait acquérir quelques rudiments d'écriture et de lecture, puis les bases du dessin et du calcul. Il serait son précepteur. Un accord fut pris avec le père.

L'offre, aussi généreuse fut-elle, était doublée d'un dessein plus personnel. L'homme ne pouvait accepter une blessure qui ne se refermait plus. Il n'avait pas d'héritier mâle.

Atteinte d'un mal pernicieux, sa femme lui refusait la réalisation de cet ardent désir.

Qu'importe le funeste destin ! Il façonnerait le jeune apprenti. Par sa position de tuteur, il agirait en père attentif et bienveillant. Il avait déjà élaboré de grands projets.

Pour l'apprenti, le labeur était éreintant, les charges des brouettes trop lourdes, le dos meurtri, les mains douloureuses à force d'utiliser: gouges, massettes et autres bouchardes. Dans la poussière des pierres taillées, qui grignotait les yeux, les heures s'égrenaient, interminables, depuis que la lumière du jour augmentait...d'un saut de puce.

Pourtant Gaspard attendait avec impatience les dimanches. Parce que, avant le sermon du soir du prédicateur Guillaume Ranche, place des tilleuls, il avait le droit d'entrer dans l'imposante maison forte d'Antoine Brunet. Il en était ébloui.

Les boiseries rutilaient telles les élytres du scarabée doré. Des chandeliers aux petites flammes orangées faisaient danser les ombres sur des miroirs de bronze. Des tentures, des tapis, doux comme le duvet de l'oison. Gaspard ne se lassait pas, à la dérobée, de les frôler, de humer l'odeur particulière de la maison du Maître...de celui qui n'avait pas oublié de *fourrer ses mitaines*... disaient les jaloux.

Quel contraste avec le simple logis de son père ! Des murs gris de suie à cause de la gueule béante de l'âtre. Point de candélabres, juste une lampe à huile, ou un reste de chandelle récupérée au temple. Derrière une mince cloison de bois de merisier, deux cadres rectangulaires pour soutenir les paillasses remplies de feuilles séchées de frêne.

Le courageux garçon ne s'en plaignait pas.

Entouré par la tendresse et la confiance de son père, depuis la mort de sa mère survenue l'année de ses sept ans, il avait appris à se contenter d'un rayon de soleil et des menus moments de paix. Parfois il y en avait peu.

La guerre, entre les Papistes et les Huguenots, grondait aux portes de la vallée.

Lui suivait la Foi de son père et cela lui suffisait.

À présent, ce qui l'enchantait était de parcourir la vaste salle de réception et de pénétrer dans le salon de lecture. C'était le lieu où il recevait les premiers rudiments des belles lettres qui devaient faire de lui un érudit. Un guéridon de bois vernis couvert de papier bistre et une mine de plomb seraient ses meilleurs amis. Mais ce qui le réjouissait le plus, était d'être en compagnie d'une brune et gracile fillette, Bérengère 10 ans, l'unique enfant du Maître de céans.

Il émanait d'elle un parfum de muguet. Ses yeux, deux petits lacs clairs de montagne, souriaient aimablement. Avec une infinie patience, elle le guidait pour former les signes de l'alphabet. Sous les doigts du garçon, le tracé malhabile traduisait une appréhension, un émoi qu'il tentait, pour l'instant, de garder au secret de ses pensées.

La pendule, cerbère intransigeant, carillonnait l'heure de se quitter et cela arrivait trop vite. Heureusement, les dimanches revenaient tout le temps.

Le trajet du retour lui faisait suivre un chemin caillouteux, puis enjamber une rigole d'irrigation et longer le pré de la métairie Diois.

Un soir, l'apparition d'une bergère ramenant son troupeau de la pâture, le stoppa net. Leurs regards s'étaient croisés.

Il lui avait fait un petit salut de la main, elle avait répondu par un rire cristallin de cascade. Ses cheveux mousseux, de déesse des moissons, auréolaient un visage aux joues roses de porcelaine. Sa minuscule main de poupée tenait un long bâton ouvragé.

Elle était à l'image de la figurine qui trônait, sous cloche, sur une commode incrustée de nacre, dans le salon de madame Brunet.

La bergère pressa le pas à la suite de ses brebis et disparut derrière un rideau de noisetiers.

Peu à peu, l'habitude s'était prise.

Le matin, aux premières lueurs de l'aube et le soir, au crépuscule incertain, les enfants échangeaient quelques mots de politesse. Puis ils partagèrent des confidences. Il sut qu'elle répondait au prénom de Lisette, qu'elle avait 13ans et qu'elle était la dernière-née d'une fratrie de cinq garçons.

Quelquefois, assis sur une souche de saule, ils s'attardaient plus longuement.

Il osa parler de sa mère, des doux souvenirs qu'il en avait et du manque qu'il avait d'elle. Elle confessait les taquineries de ses frères, les pitreries du chiot *crapaud*, sa condition de pastourelle. Il dévoilait les richesses, les difficultés, les gratifications que procurait son futur métier. Lorsqu'il sera plus charpenté, assez endurant, il deviendra compagnon et fera son tour de France, chez les tailleurs de pierres, exactement comme son père.

Il lui expliquait les efforts nécessaires pour apprendre la lecture, l'écriture. Elle racontait la patience qu'il fallait, lors de la fabrication des fromages. Le goût aigrelet du petit lait qui suintait avant séchage. Les chats, eux, s'en régalaient.

Le printemps avait fui les grosses chaleurs de l'été.

Les hirondelles tournoyaient au centre d'un essaim de mouches. L'ombre rigide des peupliers traçait des barreaux sur la route, l'herbe roussissait et criait sous les pieds.

Une nuit, Gaspard fut tiré du sommeil par une sensation étrange. Il suffoquait tant l'air était lourd et surchauffé. Le garçon ressentait comme un poids posé sur sa poitrine, jusqu'à lui faire perdre le souffle. Des battements cognaient, si violents, dans ses oreilles qu'il crut qu'il deviendrait sourd. Assis sur sa paillasse et de crainte de réveiller son père, il ne put allumer la chandelle.

Quelle entité rodait dans la chambre ? Il tremblait un peu et en même temps se gourmandait d'être un tel poltron.

Au milieu de la lucarne, le sourire de la lune lui fit reprendre son bon sens.

Le poids de ses réflexions le plongea dans une agitation anxieuse. Il venait d'admettre qu'il éprouvait de tendres et délicieux sentiments pour Bérengère... mais aussi... pour Lisette et qu'il n'arrivait pas à chasser, l'une ou l'autre de sa tête.

Il était amoureux des deux et cela le perturbait. Il était en proie à d'affreux tourments.

L'aube le retrouva sans force. Il lui était impossible de prendre une décision. À laquelle des deux donnerait-il sa préférence ? La morale rigoureuse de son père lui interdisait de poursuivre deux biches à la fois.
Sur le chantier il traînait son tombereau de culpabilité, sa langueur, son visage morose.
Les leçons chez son précepteur devenaient supplice, tant le doux regard de Bérengère faisait chavirer sa raison. Aux côtés de Lisette, les gentils échanges du quotidien, une torture, il n'avait plus l'audace de se ravir de son minois de poupée.
Il était broyé par un amour bien compliqué. Pourquoi ne pouvait-il se résoudre à choisir ? L'architecte, Antoine Brunet, trancha pour lui.
Aux premières gelées, la taille des pierres était ardue. Sous la neige précoce, les travaux en suspens, le cabriolet de Maître Brunet roulait vers le monastère *Saint-Cyprien.* Le ciel était bas, les corbeaux coassaient de mélancolie.
La bise venue du nord mordait les lèvres et pinçait les joues.
Sous la surveillance d'un abbé débonnaire, Gaspard passerait l'hiver à étudier avec les jeunes gens de son âge.
Lui, le protestant aux mains rugueuses, fils d'un tâcheron, fut tout de suite en butte aux railleries des papistes.

Le garçon savait qu'il ne pouvait décevoir son tuteur. En serrant les dents et les poings, il fit ce qui lui était commandé : se familiariser avec les manières raffinées des fils de notables. Savoir manier, sans embûche, le verbe et la plume d'oie. Se gaver de latin et d'histoires bibliques. Oublier au plus vite la langue de chez lui... le patois.

Quand les petits messieurs en dentelle déclamaient : « Tous ceux qui savent parler vous rendent cet hommage », lui marmonnait « *Tuy sé que san parla...* » arrêté par l'hilarité des étudiants. L'acclimatation aux us et coutumes du monastère fut laborieuse.

Le dortoir était glacial, la couverture humide, les salles d'études sombres et austères. Au réfectoire, il régnait un silence pesant, une atmosphère lugubre où seul le bruit de cuillères faisait conversation. La nourriture comblait l'estomac pour qui n'avait pas faim.

Ce que l'apprenti tailleur de pierres attendait avec délectation était les récréations, alors il se faufilait jusqu'au jardin des simples. Froisser au creux de sa paume les survivantes : une feuille d'angélique, celle de la menthe vagabonde, une tige d'hysope mal peignée. Un brin de thym défleuri au coin de la bouche, souvent il restait immobile, en filtrant les rayons d'un maigre soleil à travers ses paupières closes et dès qu'il ouvrait les yeux, une myriade de points lumineux dansait, pareille à des papillons sur le vaporeux rideau du ciel. Il prenait soin de ne pas alimenter son esprit à l'aide d'idées tyranniques.

Les rêveries, qu'il avait de l'amour, ne devaient plus être l'instrument de sa détresse.

Début juin, il fut bien étonné d'être encore *vivant,* tant il avait subi d'épreuves.

Le cabriolet de l'architecte l'attendait à la porte du monastère. Il pouvait rentrer à *Pymore* et reprendre son apprentissage...jusqu'à l'hiver suivant.

Au cours du trajet, le tuteur lui révéla le bouleversement

survenu dans la grande maison.

La santé de madame Brunet ayant empiré, elle était partie sous un climat moins rude. Une tante avait recueilli sa femme et sa fille. Auprès d'un grand virtuose, Bérengère apprenait le clavecin et la broderie d'apparat avec la cousine Anna. Gaspard baissa le menton, des larmes lui mouillaient les cils.

Comme un orage trop longtemps retenu, des réminiscences éclatèrent dans sa tête.

La douce chaleur du bras posé contre le sien pendant les exercices d'écriture, le parfum de muguet, les lacs clairs qui se posaient sur lui...Le garçon réprima une douleur qui lui labourait le ventre.

Sur le chantier, Philibert son père lui fit fête, le complimenta sur sa réussite scolaire, tout en affirmant que l'instruction, par les textes imprimés, était une bonne chose, mais que dominer l'équerre et le compas, se confronter avec la matière vivante qu'est la pierre, devaient avoir priorité sur l'agrément des préceptes avancés au monastère.

Sans ménagement, il ajouta qu'il s'était marié, au temple, avec la veuve Marthe Boucaud.

Gaspard n'eut pas le loisir de s'interroger : Est-il favorable à cette union ? Où mécontent ? Un autre changement surprenait Gaspard.

Le père et l'ingénieur avait passé contrat. Fini le logis gris de cendre, place des tilleuls, une confortable dépendance était à leur disposition. Bien qu'il s'en doutât un peu, le jeune apprenti voulut ignorer la teneur de l'engagement pris par son géniteur. Il en était, peut-être, l'otage ? Il chassa une émotion désagréable, qui lui donnait à croire qu'il ne serait plus jamais libre de ses décisions. Les adultes régentaient son avenir.

Il alla hurler sa déconvenue, sa tristesse, sur le chemin pierreux des *Thyrses*, puis ses pas le ramenèrent le long de la ferme Diois. Le pré était vide.

À l'un des frères affairé à aiguiser une faux, il s'informa de la petite bergère.

Décidément ! Le sort s'acharnait sur son pauvre cœur.

Le matin même, avec ses brebis et ses chiens, Lisette avait suivi la draille par le bois des *Sauvas* jusqu'à la cabane forestière, sur le plateau de *Leygue*.

L'estive se finirait au début d'octobre.

Si l'inquiétude de son père, en constatant son absence à la soupe du soir, ne l'avait pas retenu, il serait parti rejoindre sa petite muse. À l'intérieur de sa mémoire, il entendait le rire cristallin de cascade et le son mélodieux de sa voix, lorsqu'elle racontait les joies et les contrariétés d'une pastourelle de 13 ans.

Gaspard devint un apprenti bougon, taciturne.

Lorsqu'il se croyait seul, il soupirait bruyamment son découragement, son mal d'amour, sa mauvaise fortune.

Certains jours, il avait la dérangeante impression, d'être un moucheron se débattant, pour éviter de se noyer dans la mare aux canards.

Heureusement, sur le chantier, l'obligation d'attention, de minutie, de concentration et l'affectueuse vigilance paternelle, le maintenaient hors du bourbier, que formaient ses ruminations. Pour le sortir de ce marasme, et puisqu'il savait lire, monsieur Brunet lui procura des feuillets relatant les hauts faits de François de Bonne, Duc de Lesdiguières, dont il pouvait prendre exemple.

Celui-ci était né dans un reculé et sauvage vallon du Dauphiné. Sa famille avait peu de possessions. Le jeune François ne semblait pas destiné à un avenir prestigieux. Après quelques études, il se fit engager comme archer. Grâce à une grande habilité à se jouer du verbe et la maîtrise de la plume, il débuta une glorieuse ascension sociale. La postérité dira qu'il fut le dernier connétable de France.

Peu envieux, Gaspard Lambert aspirait à une vie plus simple : Être un bon tailleur de pierres, avoir une compagne aimante et des enfants à qui transmettre son savoir.

Trois hivers passés au monastère et trois étés, à tailler des pierres, s'étaient écoulés. À 17 ans, une barbe naissante, une fine moustache brune sous le nez, une voix rauque de forge, une stature de colosse, il se préparait pour son tour de France. Il désirait s'éloigner au plus vite de *Pymore,* où Bérengère n'était jamais revenue et où Lisette était fiancée à Charles Corallin, le muletier de *Chauvet.*

Rien n'advint de semblable à ses souhaits.

Après une rapide cérémonie de baptême qui l'incluait dans le giron de l'église catholique et un certificat le prouvant, son tuteur l'exila hors de France, chez un confrère, architecte et sculpteur de renom, formé à l'école des successeurs de Michel-Ange. L'atelier devint sa maison, ses compagnons prirent la place des frères qu'il n'avait pas eus. De joviales filles lui permirent de rêver en latin. À 23 ans, il épousa Maria Baraccini, la sœur d'un de ses condisciples.

De rares nouvelles traversaient la frontière, aussi lorsqu'il reçut un pli portant le cachet de cire d'un notaire, il en fut très étonné. La lecture le laissa pantois.

Le billet demandait le retour en toute hâte de Gaspard, car son tuteur se sentant aux portes du purgatoire, voulait déposer son âme en sa présence.

Il lui était ordonné de mettre de l'ordre dans ses affaires, de donner congé à sa logeuse, à Angélo Barbéri, son bon maître, de témoigner sa reconnaissance, sa profonde gratitude, pour les années qui prenaient fin.

Le père de Maria offrit une charrette pour y installer leurs maigres biens : deux bancs coffres, l'un contenant les quelques vêtements qu'ils possédaient, l'autre, les outils de sa profession, plus deux peaux de vache, trois bien chaudes de moutons, qui serviraient de couches. Le peu d'économie qu'avait le couple s'évanouit dans l'achat d'un mulet.

La traversée du haut-Piémont puis des cols des Alpes dura de nombreux jours et autant de nuits. Les chemins étaient malaisés, dangereux, à cause des pillards sans scrupules.

Dès la montée du crépuscule le couple cherchait un abri sûr et lorsque la chance leur souriait, ils pouvaient se reposer dans une grange, une remise. Parfois, ils étaient invités à partager une écuelle de soupe, ailleurs ils profitaient d'œufs à gober, d'un gobelet de lait de chèvre. Malgré sa fatigue et son ventre douloureux, Maria ronronnait de plaisir, de fierté. À son mari qui voulait comprendre le motif de sa joie, elle lui chuchota un peu de son catéchisme : la longue marche qu'avait faite Marie, la mère de Jésus.

Gaspard fut submergé par un immense bonheur, il allait être père.

À *Pymore*.

Ils arrivèrent fourbus et affamés. Philibert Lambert pleura

en se serrant contre le torse de son fils. Ils n'eurent pas le temps de longues conversations, un valet était à la porte, monsieur Brunet se mourait. Gaspard éprouva un incommensurable chagrin.

Le jeune homme pénétra dans la pénombre d'une chambre aux rideaux tirés où seul un chandelier offrait un peu de lumière tremblotante. À genoux, tenant la main décharnée du malade, une femme toute de noir vêtue égrenait un chapelet et lorsqu'elle souleva son visage, Gaspard se mordit la langue pour ne pas crier sa stupeur. Bérengère ! Elle lui paraissait aussi vieille, aussi plissée que la montagne.

Maître Étienne Bel, le notaire, lut à haute voix les décisions testamentaires de son tuteur. Sa fille unique, Comtesse par mariage, recevait une cassette d'écus d'or, la maison forte et ses dépendances. Revenaient à Gaspard, la forêt de *Moinier* appartenant à la Seigneurie *Quint* et ses fermages. Malgré lui, le jeune homme, se souvenait de la rumeur d'antan *« Un qui n'a pas oublié de fourrer ses mitaines »*

Un sceau de cire fut apposé au bas du document paraphé par toutes les parties concernées. Gaspard né huguenot, puis catholique par le bon vouloir d'Antoine Brunet, ce jour de 1590, par cette seconde naissance, à 25ans devenait un personnage important.

S'inspirant de la calligraphie des parchemins recopiés, au monastère, lors de ses études, il traça d'élégantes lettrines, pour signer :

Gaspard Lambert Brunet Seigneur du Quint en province de Dauphiné.

www.ingramcontent.com/pod-product-compliance
Lightning Source LLC
Chambersburg PA
CBHW060946180626
46817CB00004B/1732